あなたは怠惰で優雅

崎谷はるひ

幻冬舎ルチル文庫

CONTENTS ✦目次✦

あなたは怠惰で優雅

イジメテミタイ……5
ナカセテミタイ……89
アイネクライネ……185
イツカノミライ……223
あとがき……289

✦カバーデザイン＝小菅ひとみ（CoCo.Design）
✦ブックデザイン＝まるか工房

イラスト・蓮川　愛✦

イジメテミタイ

　その会場にはいったとたんのいやな感覚を、ひとことで言うならば『場違い』だ。

　ふわふわと雪の舞うなか、閑静な住宅街の奥にある瀟洒なレストランのまえで、友人が父親に借りてきたという車からおろされた瞬間に、まわれ右をしたくなった。あの自分の勘を信じればよかったのだ。


（おれ、めっちゃ浮いてるやん）


　さほど広くはない立食式のパーティー会場にはドレスアップした男女がひしめきあっている。デコレートされた飾りの花は胡蝶蘭や百合など高価なものがたっぷりと使われ、個人が主催するパーティーとは思えない豪華さだ。

　湯気をたてるプレートの中身は芳潤な香りのシチューやパスタのほかにも、トリュフのパイ詰めにキャビアの載ったカナッペ、オマールエビのクリーム和えなど、どれも高級そうな料理ばかりだ。

　——友人がやる、個人的なカウントダウンパーティーだから。ひまならくるか？

　たしかにそう聞いていたのにと、志水朱斗は唇を噛む。


「うそこくなよなあ」

誘ってきた当人は、ひとの輪に囲まれて楽しげに笑い、朱斗の逡巡や気まずさなどまるで気づいたふうでもない。というより、存在を忘れられているのではないだろうか。

このレストランでは専用のクロークがなく、壁際に並べられた椅子のうえは彼のロングコートと荷物が置かれたままになっている。「それ、見とけ」と言われたきり置いてきぼりにされた朱斗は、まるっきり荷物番だ。

「弓削のあほ。なぁにがホームパーティーみたいなもんだから、や」

恨みがましくつぶやいたさきに、赤いセーターにブラックジーンズという飾り気のないスタイルながら、充分すぎるほどにはなやかな男がいる。

彼の名は弓削碧と言い、朱斗の中学時代からの友人だ。現在では東京芸大の一年生、視覚伝達――ビジュアルデザイン専攻の優秀な学生である。

いまここに集まっているのは彼と同じ大学の同期や卒業生、その就職さきである大手広告代理店に絡んだ業界人、またはその企業ＣＦに出演している芸能人など、面子も派手だ。

碧以外に顔見知りはひとりもおらず、畑違いの情報処理系専門学校生である朱斗は話題にもはいれず、肩身が狭くてしかたない。

ちらっと見やったさき、大勢のひとに囲まれた碧に、取り巻きが熱心に話しかけている。自信満々、かつ同じ世界を共有する彼らを押しのけてまで声をかける根性は朱斗にはない。

やるせなくため息をついて、自分の連れを放置したままあでやかに微笑む碧を遠くから見つめるだけだ。

(ああいうとこ、むかしから変わらへんな)

人垣から飛びでるような長身、飛び抜けてきれいな顔だちの碧はひどく目だつ。

ほっそりとしたシンメトリックな輪郭、高い鼻梁(びりょう)は尖(とが)りすぎない程度に細いラインを描き、やや厚めの唇がともすれば冷淡そうな印象になる顔だちにあまさを添えている。ふっくらしたそれからこぼれる白い歯が見え隠れするさまは、清潔でありながらも匂い立つような艶(つや)があった。

二重の印象的な目はいつでも黒く濡(ぬ)れているようで、フレームレスのメガネをかけたその冷たそうな美貌(びぼう)だけでも充分に魅力的だ。招かれた芸能人よりも、いっそ芸能人らしいとすら言えるし、物心ついてからしょっちゅう、モデルにならないかという誘いも受けていたそうだ。

けれど、彼の存在価値は容貌だけに留(とど)まらず、かなりの輝かしい経歴を持っている。

(根本的に、なんかフツーとちゃうねんもん、な)

十代なかばから、いくつものデザインコンペやアートコンテストで賞をとっていた碧は、日本の美術大学ではトップクラスの難関である大学に現役の首席で合格。おまけに学力の面でも充分に有名国立大を狙(ねら)えると太鼓判を押されていて、高校では文系理系双方の指導教諭が、「弓削をとられた」と歯がみしていたらしい。

ともあれ見た目も極上なうえ才能あふれる碧には、むかしから老若男女問わずの信奉者が、大変多かった。

そんな非凡な彼と、ごくふつうのどこにでもいる朱斗が知りあったのは中学二年のこと。朱斗の父が仕事の都合で大阪から東京に引っ越すことになってからだから、もう六年近くまえになる。

正直、成人するまでのつきあいになることなど、朱斗は予想だにしなかった。少年のころから碧は傑出した存在だったし、対して朱斗が衆目を浴びた記憶と言えば、関西からの転校生という物めずらしさで騒がれた中二のころの、しかもひと月程度のものしかない。

(これでよう、縁切れんかったもんや)

皮肉に笑って、朱斗はまたフロアの中心にいる友人に目をやった。

碧のゆるやかに巻いたつややかな黒髪。長めの前髪があまい顔だちに微妙な陰影を落とし、襟足(えりあし)をすっきりと削(そ)いでいるせいで形よい頭を強調している。その完璧なラインをぼんやりと遠巻きに眺め、なんで自分はこんなところにいるのだろうかと自問した。

(にしても、もうちっとましなかっこしてきたらよかったなあ)

いかんせんきょうの服装ときたらスタジャンにセーターにジーンズという、カジュアル極まりないものだ。いくら朱斗が庶民の学生でも、こんな場所だと知っていれば、スーツなり着てきたものを。

とはいえ、小柄でやせ気味、顔だちもごくふつうな自分がどれだけ着飾ったところで、たかが知れている、と朱斗はうつむいた。

同じようになんの飾り気もない、ラフなファッションの碧だが、これは素材の——洋服、という意味でなく当人の——違いだろうか、業界人やモデルもいるなかで、この場にいる誰よりもはなやいで見える。

細身なのに肩幅は広くて、引きしまった腰の位置が高いから、シンプルであればあるだけ彼のスタイルのよさが際だつのだろう。

「……かっこええなあ」

内心のつぶやきがそのまま唇からこぼれ、朱斗はあわてて口をつぐんだ。

(うっかりひとりごとも言われへん)

とはいえ、入口からすこし進んだだけの場所にぽつねんとたたずむ自分がなにを漏らしたところで、聞きとがめるものなどいない。

けれども、ほんのわずかにでも身の裡(うち)に抱えこんだ想いが露呈するのは怖かった。

(おれ、追っかけみたいなもんやからなあ)

朱斗は、碧が好きだった。どれくらい好きかと聞かれれば、出会った中学のころからそのつれない横顔を必死に追いかけて、高校も同じところを受験し、そのさきの進路にまで影響を及ぼされたほどにだ。

ただし、彼が選んだ道はあまりに特殊で、平凡な朱斗には険しすぎた。生半（なまなか）な努力ではどうにもならない美術の世界の壁の厚さにくじけ、高校卒業と同時に道がわかれた。

進路を間違えなければそこそこの大学にもはいれただろうにと、周囲からも碧からもあきれた言葉をもらっただけの美大受験は惨敗。いまさらえり好みもできず、無試験の専門学校にはいった。大学受験が終了後というぎりぎりの期間でも、入学願書を受けつけるのは、そうしたところしかなかったからだ。

（こんかったらよかったな）

この年最後の瞬間、できるなら碧といっしょにいたいという気持ちが切実だった。そのぶん、同じ場所にいても遠いばかりの距離は朱斗を打ちのめした。

まだ就職さきなど決まってもいないけれど、約一年後、専門学校の卒業を迎えれば朱斗は就職する。バイトさきのレンタルショップ店長がいいひとで、うちにどうだと誘ってくれたのは本当にこの不景気にありがたかった。

とくに秀でた才能はないけれど、小柄でひとなつこく、愛嬌（あいきょう）のある朱斗は大抵の場所ではひとに好かれて、友人も知りあいもけっこうに多いほうだ。

だからこそ、壁の向こうに押しやられたようないまの疎外感がよけいにつらい。

この空間のなかに満ちる虚栄心や自尊心の渦を巻いた毒気は、いくらはなやかでも朱斗には受けいれがたいものだった。

腹はすいているけれど、お高そうな料理には手をつける気にもならず、あとすこしして碧があの場から解放されなかったら、こっそり帰ろうか――と惨めな気分で朱斗は思う。

（もう、ええかげん、あきらめどきやっちゅうことなんやろな）

あとまる二年、院に進むなどしたらさらに二年を学生でいる碧とは、いままで以上に距離もひらいていくだろう。

六年近くも片恋のままでいるのには、さすがに疲れてきた。もちろん、二十歳近くにもなれば、女の子ともそれなりにつきあったこともある。一応は童貞でもないし、まるっきり彼だけにすべてを捧げてきたとか、そんな気持ち悪いことを言うつもりもない。

だが、彼女がいる間じゅうも、あの優雅で冷たい男のことが頭を離れず、結果はいつもふられてばかりだった。忘れたくて――同性を好きでたまらない自分を否定したくてつきあったのだから、それもしかたがないけれど。

ふたりほど、気まずい別れを経験して、いまは彼女を作る気も失せた。相手に対して失礼だと思ったし、むなしいばかりだと思い知ったからだ。

けれど、なにかきっかけを、朱斗はいつも探していた。踏んぎりがつかないままの想いに、どこかで終止符を打ってしまいたい。

そしてこのつれない態度を年の瀬という節目に向けられたことで、あきらめることができるのではないか、と思えてきた。

（新年と共に失恋ちゅうのも、記念ぽくてええかな）

大体、両手にあまって腐るほどにもてまくる碧が、自分のような平凡な友人を選ぶことなどないと、親しくあったからこそ思い知っている。彼のまわりにはいつも、誰かがいた。男も、女も、年齢すらも関係なく。

ため息をついた朱斗は、見ているだけでもつらくなる流麗な顔だちからふっと目をそらして、目をみはる。

斜向(はすむ)かいの壁際に、これも碧の周囲に負けず劣らずのひとだかりができていた。

（あれ）

その中心にいる人物は、碧よりもさらに背が高いようだった。無造作に伸びた髪に不精(ぶしょう)髭(ひげ)、しかしけっして不潔にも野暮にもならず、真っ黒なスーツと相まってふしぎな迫力がある。

会話こそ聞こえはしないが、周囲の人間はまるでへつらうように、彼に向けて愛想笑いをしている。下にも置かない態度に彼の地位の高さを感じ、「なんかエライひとなんかな」と想像する。

だが、そつなく対処する碧とは違い、彼は、誰かにぺこぺこされるたびにちょっとだけ眉(まゆ)を動かしていた。いかにも困った顔をしている姿がなんとなく、いまの自分の感じている居心地悪さに近い気がして、勝手な親近感を持つ。

しかし、意味もなく眺めていた彼が視線を感じたように、ふっとこちらを向いた。

（あわ、目、あってもた）

反射的にえへらと愛想笑いをしてしまったのは、レンタルショップでレジを打つときの習性のようなものだ。意外だったのはその彼も、静かにではあるが、にっこりとしてくれたことだった。

しかし、朱斗が驚いたのはそれだけでなかった。

「あ――ちょっと、秀島さん？」

「悪いね、食事させて」
二、三言周りの人間に告げた、秀島と呼ばれた彼はその輪から抜けだして、手近にあった皿から料理をとった。大ぶりの皿によそったそれを持ってどんどんひとの少ないほうへ――つまりは朱斗のほうへ歩み寄ってくる。
（え？　え？）

誰かこちらに、知りあいでもいるのか。思わずきょろきょろと周囲を見まわしたところ、壁の花になっている朱斗以外には誰もいない。

そして、長い脚の持ち主は朱斗のまえで立ち止まり、あろうことか声をかけてきた。

「これ、食べないかな？」

「ほえ？」

朱斗はとっさに反応できず、ぽか、と間抜け面で頭ひとつかそれ以上は大きな彼を見あげた。物静かな風情のそのひとは、穏やかそうな笑みを深くする。

「さっきからひとりで、なんにも食べてないでしょう」

はい、と差しだされたそれには、さきほど手をだすのがためらわれた高級そうな食べ物が盛られている。意図はまったく読めないながら、空腹だった朱斗は反射的に受け取ってしまった。

ご丁寧にフォークと、白のワイングラスまで揃（そろ）えて渡される。

「えと、すんません、ありがとうございます」

とりあえず礼を言うと「ああ、関西なんだ？」と目を軽く見開かれた。やさしそうなひとだなあ、と思いながらうなずく。

「はあ、中学からこっちおりますけど」

「そうなんだ。ああ、冷めるともったいないから、どうぞ」

「あ、はあ、いただきます」

目を白黒させつつも朱斗は、そのいい匂いのする子牛のすね肉をつついた。

ひとくち含んだとたん、噛まなくてもとろりと溶けた肉はやはり美味で、やや冷めていても感嘆に値する。

「うお、めっちゃうまい」

「よかったね」

ふっと微笑んだ秀島は、赤のワインをちびちびとやりながらなぜか朱斗の横から離れようとはしない。もぐもぐと口を動かしつつ、横目で相手をうかがっていると、彼はグラスを揺らしながらこっそりと小声で言った。

「悪いんだけどもうちょっとここにいていいかな」

「いいですけど？」

どうして、と思うよりさき、彼がぽつりと、「こういう場は本当に苦手で」とつぶやいた。

「つきあいででてきたんだけど、俺の家遠いしね、もうすこししたら帰りたいんだよ」

「あ、なるほど」

ため息まじりにぼやく秀島は、よく見れば非常に端整な顔をしていた。横顔も整っていて、碧に負けず劣らずの男前だ。しかし、醸しだす空気は対極にあると言ってもいい。

「でもあそこにいると捕まっちゃうし、よかったら話してるふりだけお願いできない？」

「かまへんですよ、そんなん」

眉をさげて苦笑する秀島に、朱斗はうなずいた。物静かそうな彼には、この派手な雰囲気は似つかわしくない。初対面で、なにも知らない相手だけれど、この場から浮いたもの同士の親近感も覚えた。

「ごはんとってもろたし、おれもひとりで退屈やったし」

「助かるよ、ありがとう」

笑うと、目尻に皺ができる。だが肌つやはいいし、顔だちも若い。髭のせいでずいぶん年かさに見えたひとだけれど、じつはけっこう年が近いのかと朱斗は思った。

「きみ、あまり見かけないけど、今回はじめて？」

「あ、そおです。あっこにおる……あの、あれに連れてきてもうたんですけど」

碧を指さすと、「ああ、弓削くんね」と彼はうなずく。

「弓削のこと、知ってるんですか？」

「かなり離れてるけど、大学の後輩だし。せまい業界だしね。それに、彼は有名だから」

どういうひとかは知らないけれど、あれだけ偉そうな大人に頭をさげられる秀島が、碧のことを知っている。なんだかこれはすごいんじゃないかな、と朱斗は他人事ながらわくわくした。

つれなく、冷たい男でも、朱斗にとって碧は自慢だ。だから嬉しくなって、ちょっとはしゃいだ声になった。

「弓削は賞たくさんとってるし、ルックスもきらっきらですしね」

「そうだね。弓削くんは如才がないし、セルフプロデュースもうまい。俺はこういう場は苦手だから、正直うらやましいくらいだよ」

ため息をついた彼のぼやきに、朱斗はくすくすと笑ってしまう。

「でしょうね。おれにカムフラージュ頼むくらいですもんねえ」

「ああ、ごめんね。助かってます」

あまりぺらぺらと饒舌（じょうぜつ）なタイプではないようだったが、穏和な秀島の隣はけっこう居心地がよかった。

顔だちも整っているが、秀島の深みのある静かな声は耳にやさしい。さきほどまで感じていた疎外感をそのやわらかい声音に払拭（ふっしょく）されて、朱斗もようやく作り笑いでなく、自然な笑みを浮かべることができた。

「もうすこし食べたいならとってくるよ」

「や、そこまではいいです。申し訳ないですから」

なぜか彼は苦笑した。目をぱちくりさせると、「だってそれ」ととっくに空になった皿を視線で示される。

「すごい勢いで食べてたからね、おなかすいてたんだろう？　それと、ワイン苦手だったかな。ジュースがいい？」

「え、あはは。こんな高級料理、食べたこととか、ワインとか飲んだこと、あんまなくて」

言いながら、うつむく。せっかくもらったワインも、まだぎりぎり未成年だからという理由だけでなく、飲みかたがわからなくて口をつけられなかった。

立食パーティーなんて、参加したことそのものが、ないのだ。どう振る舞えばいいのかすらもわからず、ただただおろおろしていた自分がちょっと情けない。

黙ってしまった朱斗に気を遣ったのか、秀島はすっとその場を離れ、また新しい皿に料理を盛ってやってくる。片手には、ジンジャーエールのはいったグラスがあって、朱斗はますます恐縮した。

「さっきはお肉だったから、今度は魚介で」

「うう、すんません」

どうぞと手渡され、汚れた皿まで引き取られて、ひたすらぺこぺこしながらフォークを握る。申し訳ないとは思うけれど、ハーブとバジルの効いたエビや魚介のソテーは、これも味わったことのない美味だった。夢中になって食べていると、秀島はなんだか楽しそうな顔でこちらを見ていて、餌づけされている動物のような気分になった。

「ところで弓削くんとは、どういう知りあい？　ずいぶん雰囲気違うけど」

「……う」

なにげないひとことが、コンプレックスだけに突き刺さった。ごくんと咀嚼してたものを飲みくだし、朱斗は硬い声で答える。

「中学と高校が一緒で。でも……やっぱ変です？」

「ん？」

「おれみたいのんが、弓削とともだちて」

秀島は怪訝（けげん）そうに顔をしかめた。

「きみみたいな、ってどういうこと？」

「よう言われるんです、似合わんなあて」

浮かべた笑いは、自分でもいやな種類だとわかっていた。でも、ひとりきり、慣れない場所に置いていかれた自分が惨めだった。

やさしくしてくれた初対面のひとに、こんないやな話題をふるのはどうかしている。そう思いながらも、愚痴がこぼれるのが止められなかった。

「きょうも、連れてこられたはいいけど、ほったらかしで。本当は、あいつもおれといっしょにいるの、恥ずかしいんかなって」

秀島はほんのすこし目を丸くしたあとに、「いいや」と静かに言ってくれた。

「べつに、似合う似合わないでひととつきあうわけじゃないでしょう」

「そ、ですか？」

「本人たちが居心地よければいいんじゃないかな」

「居心地……」

言われて、ますますうつむいた朱斗に「どうしたの」と秀島が問いかけてくる。

「いつもいやみとか言われるんですよ。ほかのひとには、愛想よくすんのに」

「でもきょう、パーティーに彼が連れてきたのは、きみだよね？」

「荷物番ですけど、ね」

背後の荷物をちらりと眺めて苦笑いする朱斗の背中を、秀島が軽くたたいた。力づけるようなやさしい仕種にはっとして顔をあげる。

「愛想よくしているほうが建前で、きついこと言うのは、きみに気を許しているから、かもしれないよ」

たしかに、碧はそういうひねた性格だ。どうでもいい相手にこそいちばん、愛想がいい。とはいえ、年中振りまわされ、冷たくあしらわれるだけの自分が気を許されているだなんてとても思えない。そんな朱斗の内心を読んだように、秀島はつけくわえた。

「弓削くんみたいなタイプは、ほんとにいやなら、そもそも相手にもしないだろうしね」

「なんで、そんなことわかるんですか？」

「うん、まあそういうひねた感じは、俺にも覚えがあるし」

首をかしげた朱斗を見おろし、秀島はなにかを思いだしたようにそっと微笑んだ。それはひどくやさしい表情だった。

そのままの顔でこちらに目を向けられるから、ひどくどぎまぎとした気分になる。

「きみと似たようなこと言うひと、知ってるからね」

「あ、そ、そうなんですか」

けっして自分に対してではない、けれどたとえようもなくあまい目だった。無意味にうろたえ、朱斗は思わず顔をそらす。

「あ、そ、そうなんですか」

「どうかした？　顔赤いけど」

「え、いえ、なんでも！　ちょっと、空調効きすぎやなあって」

あはは、とごまかし笑いをしつつも、無駄に色気のある目つきにびびったとは言えない。

（カ、カノジョのことでも、思いだしはったんかなあ？）

静かだからこそ引きこまれそうな静謐な色をたたえる目の深さには、碧の強烈な吸引力とは逆の、深く抗いがたい魅力があった。

同性に惹かれる性向を自覚するだけに、なんだかうろたえてしまった朱斗は、フォークに刺したエビをひたすら口に運んだ。

そして、気づく。秀島はさっきから、朱斗の目がそれるたび、何度も腕時計を見ていた。

（あれ、帰りたがってはるんかな）

だが、ひとりでつくねんとたっているばかりの自分が気になるのか、彼はその場を動こうとはしない。せめて食べ終えるまではいっしょにいてくれようと言うのだろうか。

（ええひとやな）

この場にきてはじめて示されたやさしい気遣いに、ほっこりと胸のなかがあたたかくなる。

そして、できるだけはやく食べてしまえとフォークを動かしながら、訊ねてみた。

「あの、さっき家遠いって言ってましたけど、どこなんですか?」

時計を見ていた秀島は、はっとしたように顔をあげ、苦笑した。

「ん? 家? 長野県」

「ええ!? したら早よせんと、終電なくなってまうでしょう。急いだほうがええですよ!」

予想外の地名に、朱斗のほうがあわてる。壁の時計を確認するともうけっこうな時間だ。これから駅に向かっても、ぼちぼち最終ではないだろうか。

「待ってるひと、おるんじゃないですか?」

秀島は驚いたように「どうして?」と目をまるくした。自分がそわそわしていることに気づいていないのか、と、すこしおかしくなる。

「やって、こういう日ぃやし。なんかさっき、そないな顔してはりましたもん」

「そんなって?」

「はよ会いたいなー……って顔」

冷やかすように言ってみたが、相手のほうが上手だった。「おや、鋭いね」と悪びれず言う秀島に、朱斗も笑う。

「はは。とはいえ、帰っても相手は仕事中なんだけどね」

「でもいまなら、ひともあんま寄ってきてないし。ほら、せっかく話し相手のふりしたのに、また捕まりますよ」

いっていって、と手を振る朱斗に、秀島はおもしろそうに笑い、飲みかけのグラスを手近なテーブルに置いた。

「それじゃ、お言葉にあまえるよ。おつきあいありがとう」

「こちらこそ。カノジョさんによろしゅうです。あ、おれがよろしゅうしてもしゃあないか」

もう会うことはないだろうひとだ。それでも出会えてよかった。皿を持ったままなので手を振るわけにいかないままひょこりと頭をさげれば、彼は苦笑した。

「カノジョじゃないんだけどね。……でも大事なひとかな」

「わあごちそうさま」

わざと顔をしかめて言った朱斗に、喉奥(のどおく)で笑った秀島はコートを手にとり「あ、そうだ」とポケットを探った。とりだしたものの裏になにかを書きつけると、朱斗へ差しだしてくる。

「これ、なにかの縁だろうから」

「わわ、片手……わ、すんません、ありがとお」

名刺などもらったことのない朱斗は、あわあわしながら受け取る。『秀島慈英(じえい)』と記されただけの、肩書きもなにもないシンプルなそれが、じつにこのひとらしいと思った。

「ひでしまじえい、さん？　それじゃ、よいお年を」

「きみの名前は？」

社交辞令というだけでなく、ちゃんと聞いてくれるのが嬉しかった。

「志水朱斗です」

「志水くんか。今度個展があるから、よかったら見にきて。裏に、書いておいたから」

言われて名刺をひっくり返すと、日時と場所が彼のきれいな字で書いてある。朱斗は目を輝かせた。

「わあ、ぜったい見にいきます！　ありがとう！」

「受付で名前言ってくれれば顔だすよ」

名刺に書かれた銀座のギャラリーの名前は、さほど詳しくもない朱斗でも聞いたことがある、有名な場所だ。

シンプルなロングコートを羽織った彼は、若そうに見えてすごい人物なのかもしれない。

「正直、きょうはその個展の顔つなぎでね、半分、仕事だったんだ」

年があけてすぐのその展覧会のために、東京まで出向いたらこのパーティーにひっぱりだされたのだと、あまりありがたくなさそうに言う顔がおかしかった。

「くるのは面倒だったけど、きみと話せてよかった」

「おれもです！」

にっこり微笑むと、同じくらいに笑ってくれる。この数時間、ぽつねんと壁際で放置されていただけの朱斗には、なにより染みいるものだった。

「それじゃまた……と、そうだ」

歩きだした秀島は、なぜか数歩踏みだしたところで戻ってきた。そして耳打ちをするように身を屈める。

「ん？　なんですか？」

首をかしげた朱斗に、「あまり知らないようだから、ひとつ忠告」と声をひそめた。

「このパーティー、日付変わるころには身内だけの二次会になるから、かなりの無礼講になる。できるなら、逃げたほうがいいよ」

「へっ？」

「ニューイヤーキス、男も女も誰彼かまわずだから。あまり、品がいいノリじゃないんだ。だから逃げるんだけどね」

ちいさく笑った秀島の言葉に、朱斗は目を剝いた。

「え、あ、はい。気をつけます」

「朱斗くんずいぶんかわいいから、本当に気をつけて」

からかうように頭を撫でてくる秀島に、そんなわけがあるかと唇を尖らせる。その顔がおかしかったのか、くっくっと彼は喉を鳴らした。

「まあ、信じるも信じないも。とにかくはやく逃げなさい。それじゃ、よいお年を」

「あ、よ、よいお年を！」

ぽかんとする朱斗に肩を揺らして、秀島は本当にいってしまった。そして耳元にささやかれた忠告の意味を噛みしめ、ため息をつく。

「ニューイヤーキスって、あれか、テレビとかでやってる……って、日本やぞー、ここ」

ほんまかいな、と聞きたくとももう彼はいない。時間ぎりぎりだったのだろう、朱斗に背を向けるなり、長い脚で走るようにいってしまった。

食べ終えた皿を適当なテーブルに置いて、ちびちびとジュースをすすった。秀島がいてくれた間、忘れていられた疎外感は、彼が去ったあとにはなお重く感じられる。

（また、ひとりんなったなあ）

相変わらず視線さえもくれない碧を恨めしく思いつつも、彼も誰かとキスをするのだろうかと想像して、哀しくなった。

そして、秀島の残した言葉を反芻した。

ニューイヤーキス、誰彼かまわず。男も女も。だったら、自分と碧でも？

「一回くらい、でけへんかなあ」

彼のつきあっていたさまざまな女性たちのはなやかさを思いだすまでもなく、見こみのない想いなのは知っている。それなら冗談めかして、お祭り騒ぎにまぎれて一度だけでも。

「弓削……」

それでも、このままでは言葉を交わすこともないまま年があけてしまうのかもしれない。

もういちど顔をあげればそこには碧の姿はなかった。どこにいったのだろうと視線をさまよわせていれば、きょろきょろと振った頭を背後から小突かれた。

「いたっ！」

「ばかか。なに挙動不審やってんだよ」

冷たく言い放たれてぐっさり傷つきながらも、その声を聞けただけでも心臓が躍る自分は本当にばかかもしれないと朱斗は思った。

「関西人にばか言うなやぁ、傷つくねん、それ」

「東京にきて何年になるんだよおまえは。いいかげん慣れろ、ばか」

ひんやり冷たい碧の口調は、秀島のあたたかみのある声音とは真反対だ。そして朱斗を見る目に、さきほどまで取り巻き相手に浮かべていたあまい微笑の欠片（かけら）もない。

（こういうやつやんなあ）

ため息をつきつつ残りのジュースを口に運んでいれば、突然グラスを長い指に奪われた。

「あー！　なにすんねん、ひとの取んなや！」

「喉が渇いたんだよ。てかなに、これジュースじゃん」

ちっと舌打ちして、一息に飲み干したあとにグラスを置く。

「ジブンが自分のとってこいやあ！」

「ぎゃあぎゃあ言うなよ、新しいの、とってきてやるから」

うるせえな、と言わんばかりにひと睨（にら）みしたあと、「ちょっと待っていろ」と言い置いて、碧が離れていく。ふだんはこちらをパシリにするくせに、めずらしいこともあるものだと朱斗は思った。

そして、もうこれで戻ってこないかもしれないなあ、とも思った。

（ああ、やっぱり。またつかまっとるし）

想像どおり、数歩歩いたさきでまた、スーツの男に声をかけられる。

きっと碧は愛想よく、笑顔を浮かべるのだろう。朱斗のためのジュースなど忘れて、誰かと楽しそうにして――。

（やっぱ帰ろうかな、もう）

あきらめ気味にぼんやり見ていた朱斗は、しかし予想と違う光景に驚く。取り巻き相手に軽く手を振った碧は、自分を指さしてすぐに戻ってきた。

「なんだよ、その顔は」

ほら、と差しだされたグラスを受け取った。ワインは飲めないと言う気にもなれず、「なんでもあらへん」とうつむくだけだ。冷えたワインで喉を潤しつつも、つまらなそうな横顔をちらりと盗み見た。そこにはさきほどのスーツの男に笑いかけたやわらかい雰囲気はいっさいない。

「外面ええんやなあ」

「なんか言ったかよ」

聞き逃さず、レンズの向こうで切れ長の目がじろりと睨んでくるのに、朱斗はつんと唇を尖らせた。

「なんも言うてへんわ。ていうか戻らんでええの？」

「めんどくせえっつの。意味もなく笑ってんのも疲れた」

ひとことで切って捨てる彼に、これだよと朱斗は吐息した。実際の碧は偏屈でひとぎらいな部分があり、どうでもいい相手にはとことん愛想もいいが、素になると徹底的に冷淡だったりする。

（ほんま、性格悪いねんから）

秀島の言ったとおり、素を見せるというのは気を許していることでもあるのだろうが、周囲と自分への対応のあまりのギャップに、本当はきらわれているのではないかと情けなくなることのほうが多い。

そして、この素の部分を知っているのは、朱斗と同じく中学の同級生で、碧とは幼なじみの佐藤一朗（さとういちろう）のみだ。

――朱斗がいないと、碧が荒れるんだよな。ただっこだけど、相手してやれよ。

中学時代、学級委員長であり、碧の親友でもあった長身の彼は、いつもそう言って朱斗の背中を押してくれる。

（さとーくん、やさしいからなあ）

転校生だった朱斗より、碧とのつきあいが長い彼の言うことを、信じたいとは思う。けれど朱斗には納得しがたいものがある。

それでも、まったく必要とされていないよりは嬉しかったから、佐藤の「大丈夫だから」という言葉にいつも、すがっていた。

今回の催しも「場違いではないのか」と心配する朱斗をなだめてくれたのが彼だ。

――あいつは、なんだかんだ言って、朱斗気にいってるからさ。そうでなきゃ、遊びに誘ってもこないよ。

(あれが、ほんまやったらええけど)

そんなことはきっとあり得ず、やさしい佐藤は自分がどれほど碧を好きか知っているから、フォローのために言ってくれたのだろう。

「そういえばさとーくんはきょう、来てへんの?」

ふと思いだしたせいで訊ねてみれば、つまらなそうな顔をした碧は胡乱(うろん)な目で朱斗を見た。

「なんで佐藤がんなとこ来んのよ」

「呼んでへんの?」

「呼ばねえよ、あいつこういうの、だいっきらいじゃん」

しかも現在彼女持ちである彼は、「なにが哀しくて碧の営業につきあわなきゃなんないのよ」とにべもなく断っていたそうだ。

それだけでなく、まじめで堅実な佐藤は、碧のいわゆる『業界づきあい』に対してすこしばかり批判的だったりする。

——うわべだけ、って感じしてさ。ま、そういう業界なのかもしれないんだけど、ああいう派手なだけで実態見えない感じは、俺はパス。人脈作りだの、顔つなぎだの、まだ学生なのに、そこまであざとくなりたくないね。

朱斗の感じていた居心地の悪さを、ああしてすっぱり言いきれるあたり、佐藤は頭がいいなあと思う。

「だいたい、俺だってべつに好きこのんできてるわけじゃねえし。こんなん、さっさと帰るつもりだったしな」

てっきり楽しんでいそうな碧の言葉に驚きつつ、朱斗は首をかしげた。

「ならなんで、おれのこと誘ったん?」

言外に、招いておいて放置したのはどういうつもりだというニュアンスをこめたけれど、恨みがましい視線は涼しい横顔に切って捨てられた。

「クリスマスも寂しーくひまだったっつうから、呼んでやったんだろ」

かっとなった朱斗は「やかましわ!」と怒鳴った。

「おお、怒るってことはやっぱふられたのか」

いやみったらしくにやにやされて、必死に言葉を吞みこんだ。

（誰のせいや思ってんねん！）

この意地悪な男を今度こそあきらめようと、最新の彼女を作ったのが三カ月まえ。けっきょく、なにをしていても碧のことは頭から離れず、今年もクリスマス目前に見事にふられた。

ひどいことに、エッチの最中にも碧はどんなふうにするんだろうなんてぼんやり考えてしまうから、集中していないと不機嫌になられたあれが決定打だったのだ。

あたりまえと言えばあたりまえで、これ以上失礼なこともないだろう。

（けっきょく、想像つかへんかったけど）

纏う空気さえもひんやりとして見える碧が、生々しく汗をかいて乱れるところなど思い浮かべるのはむずかしい。それでいてそこにいるだけで、こちらの情動を煽るのだから本当にひどいとは思う。

「ひとのこと言うまえに、自分はどうやねん！」

寂しくひまな独り身で悪かったなと朱斗は眉根をよせる。そしてツッコミをいれたあとに、どうせ彼女とよろしくやる予定でもあるのだろうと想像して、いやな気分になる。

「さあね」

碧は朱斗の問いににやりと笑い、肩をすくめただけで、ろくな返事もしなかった。いちいち余裕ぶって腹のたつ男だと睨んでもどこ吹く風だ。

そして、どっと落ちこんだ。

（おれ、なんでこんなやつ好きなんやろ）

どこまでもつれなくて、こちらにもまるで興味がないという風情しか見せてくれなくて、それなのになんとなく腐れ縁で続いている友人。

親友のスタンスはもう佐藤が持っていってしまったから、位置づけがわからなくて苦しくて——それでも、こっそり盗み見る横顔は、朱斗の大好きな、きれいなラインをしている。

冷たそうな目でも向けられればどきどきしてしまうから、どうしようもない。

（ほんと、ひどいやつ）

いつも気だるげで、そのくせ優雅で、とてもきれいな碧。

そんな彼に振りまわされて、泣かされた女の子もたくさん、本当にたくさん知っている。わかれの際、どこまでも冷淡な彼への抗議が、仲のよい佐藤や朱斗にも巡ってくることも多かったからだ。

——なんで弓削くん、あんな冷たいの⁉

——あんたたちともだちなんでしょ、なんとか言ってやってよ！

高校時代には、毎日のようにそういう、女子からのクレームが舞いこんでいた。佐藤は紳士的な男だが、一方的なやつあたりにあまんじるほど人間がやわではないので「冗談じゃねえよ、俺らは関係ないだろう」といつも怒っていた。

（ぐだぐだにしたん、おれやったなあ）

噛みついてくる女子たちを振り捨てようとする佐藤に、「でも可哀想だから」と取りなしたのはいつも朱斗だった。おかげで碧が誰かとつきあうたび連絡係にさせられ、そして碧が誰かをふるたび、苦情係にもなっていた。

――おまえ、ひとがよすぎるぞ？

佐藤は朱斗にそう言って、あきれたような顔をしていた。「俺ならつきあいきれない」と言う彼は正しいと思う。

朱斗は――ひとがいいわけではなかった。ただ、彼女たちがうらやましかっただけだった。彼女らは、碧を知っている。彼のキスも、セックスも知っている。冷たいと泣く権利がある。それだけだって、朱斗には歯がみしたいほどうらやましいことだった。

碧の恋の断片だけでも知りたくて、文句を言う彼女たちをなだめるふりで、愚痴を聞いた。そして嫉妬に胸を焦がしながらも、「誰かとつきあっている碧」を想像していた。

（おれ、ちょっと病んでるかな）

大学と専門学校にわかれたこの一年は、そんなこともなくなってしまった。生活が違う、時間帯が違う。碧の彼女が誰なのかも知らない。共有するものがどんどん減っていくなかで、毎日毎日、もうあきらめよう、今度こそあきらめようと、そればかり考える一年だった。

その年が、もうすぐ終わる。

ぐるぐると思いを巡らせていた朱斗は、ふいに、店内のＢＧＭが切り替わり、照明が光度を落としたことに気づいた。

「あ、そろそろか？」

碧がぽつりとつぶやいた直後、会場の中心にいるスーツの男——あれはたしかテレビでも見たことのあるタレントではなかったろうか——が、マイクを握った。

『さて、それでは毎年恒例のカウントダウンの時間がやってまいりました！』

浮かれた歓声があがり、ああこれが秀島の言っていたやつかと理解した。

たぶん彼の唇を狙っているものはこの会場のなかでも相当の人数だろう。狙いを定めてちらちらと投げられる視線に興味もなさそうな顔で、碧は隣にたっている。

そして唐突に、碧がなぜ、いまになって朱斗のそばにいるのか、やっとわかった。

要するに——さきほどの秀島と、同じなのだ。

（そっか。おれといっしょにおったら、変なちょっかいかけられへんもんな）

おれは虫よけかと憮然として、そのあとなんだか虚しくなった。

もう来年には就職して、いままでのようには会えなくなって、ひらいていく距離に自分はきっと打ちのめされるだろうけれど、碧にはとるに足らないことなのだろう。

（酔ってきたかなあ）

頬が火照り、くらりとする。気づけば碧に勧められるまま干していたグラスが三つめだったと朱斗は思い当たった。ワインはそういえばあとからくるんだった。

『あと一分を切りました！　十秒まえになりましたら一斉にカウントダウンをお願いします』

陽気なナレーションも聞こえないまま、振り向かない横顔に潤んだ目をじっとあわせて、一度くらいと請う唇を見つめて。

『ではスタート！　九！　八！　七！　――』

酒の勢いと、パーティーの悪ふざけ。たくさんのいいわけを必要とするこの年最後の――そして最初で最後のキスを、せめて許してときつく、目を閉じて。

「志水？」

大きく震えた朱斗に気づき、ふしぎそうに振り向く彼のセーターを掴み、強引にこちらを向けて。

『三！　二！　一！　A HAPPY NEW YEAR!!』

（ごめん）

泣き出しそうな目を閉じて、一度だけ、とそのやわらかい唇を、朱斗は奪った。

「！」

感触なんかろくにわからないまま、本当に一瞬だけふれて離れたあと、ほどいた指さきが尋常でなく震えていた。そのままうつむいてしまったのは、怒るにしろあきれるにしろ、碧の表情を見るのが怖かったせいだ。

「あけまして、オメデトウ」

ふっと、前髪で泣きだしそうな目元を隠した朱斗が唇だけ笑みに歪（ゆが）めて告げても、碧は黙ったままだった。

「なんか言えや、弓削」

沈黙がおそろしく長く感じられて、痺（しび）れたように唇が痛い。ろくに感触も味わえなかったのに、ひどくつらく痛い感覚だけがその薄い皮膚に残っていて、自分のばかさかげんを朱斗は呪（のろ）った。

（おれ、ほんま、あほやんなあ）

渇きを訴える人間にほんの少量の水を与えればさらに餓（う）えるのと同じで、ふれただけ増した飢餓感に泣きそうになる。それ以上に、なんの情もないままの口づけはひどく苦くて、後悔ばかりが押し寄せた。

だからなにか、はやくなにか言って、この切ない、けれどふざけたキスの余韻を、きつい言葉で押し流してしまってと願うのに、碧はなんの言葉も発しない。

（まじで怒ってもうたんかな）

怖くて、背中にいやな汗が伝う感触に耐えきれずおそるおそる顔をあげれば、案の定不機嫌極まりない表情に行き当たってびくりとした。

「おまえさ。なんのつもり？　なに、いまの」

おそろしく冷たい声に、ここまでとはと青ざめた朱斗は硬直し、ぐっと言葉をつまらせる。

周囲の浮かれきった歓声も耳にははいらないまま、ひどくなる震えを奥歯で噛みしめてこらえた。

「あ、や、ごめ」

謝りかけ、その鼻にかかった声までもがうわずり震えているのに自分でも驚いて、唇を噛みしめ手の甲で覆えば鼻の頭がつんと痛くなる。

これは泣く、ぜったい泣く。愁嘆場のきらいな碧のまえでそんな真似をすれば、さらに容赦のない視線と言葉が降ってくるに違いない。

（あかん。もう、いやや）

一瞬だけ見てしまった冷たい目に臆（おく）して、ごにょごにょと口のなかでごめんと告げた朱斗がその場を逃げだそうとするよりはやく、その腕が強いなにかに掴まれる。

「こっち来い」

「な、なに」

掴んだのは碧の長い指で、もがくのも許さないというふうにきつく捕らわれ、骨まできしむような痛みがあった。

「なに、なにすんねやて、弓削ッ！」

「うるせえよ、こっち来い！」

荒げた声を凌駕（りょうが）するような迫力あるそれは、けっして大きな声などではなかったけれど、ま。朱斗の抗いを封じるには充分な鋭さだった。ひくりと息を呑むうちに、彼は壁際の椅子にあった自分のコートを、朱斗を捕まえたのとべつの手でとりあげ、腕をひいて歩き出してしまう。

「や、弓削、なに」

引きずられてしまえば、体格からして違う彼に逆らう術はなく、半泣きのまま離してと訴えるしかない。

「あら、もうお帰りですか？」

「ええ、失礼します」

受付の女性にちょっとでますと笑う顔があまりにやわらかで、その愛想の欠片でもいいからこちらに向けてくれればいいものをと朱斗は恨めしく思いながら、強い腕に引きずられていく。

「も、なん、なんやねんて！　弓削、手ぇ痛いて！　寒いし！」

連れ出されたのはレストラン脇にあるちいさな公園で、まさか殴られでもするのだろうかと内心すくみあがりつつじたばたとする朱斗に、彼はなんの声もかけない。

吹きさらしのそこはひどく寒くて暗かった。ぐいと引き寄せられたと思えば、灌木に背中を打ちつけるようにされて、朱斗は悲鳴をあげる。

「……痛！」

そんなに怒ることだったかと涙目になりながら朱斗は怯えた。

「そん、そんな怒ることないやん。じょーだん、やろ?」

「冗談、ね」

会場をでてようやく発した碧の声は肌を切るような冬の空気以上に冷え切って、舌の根が凍るかと思う。

「まあ、そうしたいんならそうしてもいいけどさ」

「なん、なにが言いたいねん」

嘲笑するように言いきった碧の、メガネの向こうで目がきらめいたような気がしたけれど街灯の明かりを背にした彼の表情は、朱斗にはうまく読みとれないまま。

「ふざけろよ」

吐き捨てた、その酷薄な言葉に朱斗が目をみはっていると、ふいと屈んできた碧にその半開きの唇へ噛みつかれた。

「……っん、んん⁉」

比喩ではなく本当に、唇のうえに歯をたてられて、ちりっとした痛みを覚えたかと思えばすぐ、驚きにひらいた唇のなかになにかねっとりしたものが含まされる。

「む、ん、んぐっ、う⁉」

鼻さきに冷たく硬い感触があるのは碧のメガネで、噛みつかれたあとねっとりと這っていったのは彼の唇で、いま口のなかで泳ぎ回るようになにかを探しているのはなめらかで濡れた舌だ。

(ナニ⁉　これなん⁉　どゆことーっ⁉)

認識したとたん、冷え切った肌が一気に熱くなるのを感じ、さきほど飲んだワインによるアルコール血中濃度が高くなったような気さえする。

歯を舐められて、その裏をくすぐられて、怯えて縮こまる舌を追いかけられて搦め捕られ、吸って引きこまれて嚙まれる。口のなかで舌が、ぐちゅ、と音をたてた瞬間にただの感触だったものはあまったるいような官能に変化する。

(舌、舐めてる)

泣いてしまいそうな目を凝らして碧の顔を見つめれば、薄目をあけてこちらを窺っていた。恥ずかしいやら混乱するやらでぐらぐらになった朱斗にも、その目が表情ほどには冷めていないのはわかる。

木の幹に押しつけられていたはずの背中はいつの間にか大きな手のひらに抱き取られていて、何度も撫でおろされるうちに身体の力が抜けていく。

口づけだけで息があがって、喉声が漏れてしまうのが恥ずかしいのに、器用な長い指が外気に冷えて冷たくなった尻を包むようにふれてきては、もうどうしようもない。

「……あっんっ」

両手できゅっとそのちいさな丸みを摑まれて、肉に食いこむ指の感触に思わず首を振り朱斗は逃れた。その瞬間、ぽろりと目尻からなにかがこぼれて、呼吸を整えようと深呼吸すればしゃくりあげてしまう。

「なに泣いてんだよ」

こっちがこんなに翻弄されているのに、卑猥な手つきで尻を撫でてくる碧にはなんの乱れも見えなくて、くやしいやら情けないやらで泣けてくる。

「なんで、こん、こんなん……っ」

たぶん、碧が自分の気持ちを知っているだろうことはわかっていた。朱斗は感情が隠せるタイプではないし、ちょろちょろと周りをうろついては彼自身に鬱陶しいと怒られたことも何度もあった。

それでも、けっしてろこつに匂わせることもしなかったのは、完全な拒絶が怖かったからなのに。

「俺とキスしたかったんじゃないの？」

「や……こんなん、ちゃうてっ」

少女じみて惨めだと自分でも思うけれど、せめて一度きりならばもうすこしやさしい口づけをしてもらいたかった。あんな弄ばれるような、めちゃくちゃに口のなかをかき回されるような激しいものなど、望んだものとまるで違う。

キスは暴力のようで、それでも感じてしまうから、よけいに情けなくて泣けてくる。碧には、たいしたものではないのかと思えば胸も焼けた。

「怒ってんなら、殴ったらええやん！　こんなん、あんまりやっ」

「っだよ、してやったのに」

「そういうんがちゃう言うてんねん！　アホッ！」

「ばかにあほなんて言われる筋合いないね」

たったいままで濃厚な口づけを交わしあったとは思えない台詞の応酬に、朱斗はいよいよ泣いてしまって、それなのに碧はだんだん笑みを深くする。

「なに笑ろてんねや……も、好かん、ジブン最悪や！」

「いまさらなこと言うなよ」

俺の性格が激悪なのは承知のうえだろうがと、しゃあしゃあと言われてはもうあきれてしまう。真っ赤な目で睨みつけて、そうするとさらに嬉しそうになる彼のことが本当に朱斗にはわからなくなった。

「も、ええ、帰るっ」

「ばか言ってんなっつの」

押しのけて駆け出そうとした身体は長い両腕に阻まれて、そのまま巻きこむように抱きしめられて、胸がつぶれそうだからもうやめてくれと朱斗は訴えた。

「も、いややぁ……堪忍して」

こんな意地悪はないだろうと思いながら腕のなかでじたばたともがいていれば、喉奥で笑った碧がとんでもないところに手を伸ばしてきた。

「んひゃっ！」

まくられたセーターとジーンズの隙間に冷え切った指を差しこまれ、冷たさと感触に同時に驚いていれば、もういちど、と深く唇が奪われる。

「んぅ、も、や……も、ややってっ」

「いーからちょっと」

黙れ、とさきほどよりはやさしい仕種で唇を啄まれ、あいた手に髪を撫でられる。耳のうしろを何度も梳く感触に、うっかりほわんとなったせいか、抗う力が抜けてしまった。

「朱斗って呼んでやろうか」

「あ、あっや、や、触ったあかんて」

びくりとひいた腰、いつの間にかジーンズのホックもジッパーもおろされていて、潜りこんでくる指の冷たさに身がすくむのに、頬はどんどん熱くなる。

「い、や……っ」

「こんな硬くしてなに言ってんの」

きゅうっと直に握りこまれた身体はもう言うことをきかず、ひっと情けなく息を呑んだ朱斗はうしろにある木の幹に爪をたて、あまい快美が這いあがってくるのを耐えた。

「なん、なんでこんなんするん」

からかうにもほどがあるし、これはもう悪ふざけの域を越えていやがらせだ。冷え切った頬に涙が熱くて、けれどこぼれ落ちたあとにはさらに冷たくなる。

「まだわかんねーのか？　いいかげんほんとにばか？」

「あっあっ、や、うご、動かすなっ」

ひくひくと喉をひくつかせながら、疼いてしかたないそこを握られたままでは抗議するのは言葉しかなく、いやいやと朱斗は首を振った。

この寒いのに身体が火照ってしかたない。さらされた性器は言うまでもなく熱くなり、容赦なく碧が握ってこすりあげるから、もうはしたなく濡れてきている。

「弓削、もう、洒落ならんってっ」

抗うそれには答えないまま、碧は浅く息を切らせた朱斗の口元を、その舌さきで舐めてくる。ちらちらとくすぐるようにされた唇は自分の意志を裏切ってそれを迎えいれてしまって、彼の手に握られたそこに集中する血液が思考をどんどん鈍くした。

「んー……ん、んっ」

もういちど舌を舐められたときにはあまさと心地よさしかわからなくて、誘惑に負けた指が爪をたてていた木から離れ、碧の広い肩にすがる。振り払われまいかと怯えた、おずおずとした指はしかし、つれなくされることはなく、たしかめるように腕を撫でれば背中にまわすように促された。

「ああ、う、あ、ん」

「けっこう、声でるな」

へえ、と含み笑ったそれにからかわれても、もうどうでもいい。指の動きにあわせるように、どうしたって腰が揺れてしまって、いちばん恥ずかしい状態を確認するようにじっと見られては、もう失くすものなどない気がした。

「いっつもそう？　女になんか言われたりしなかった？」

「いつも、は、こんな、でぇへん……っ」

本当かよと笑われて、チクショウと思いながらもあがる声が止まらない。

「あ、やってっ……やって弓削が」

「俺が？」

「さ、わって……んや、も……っあ、あっう、さきこすったあかんって！」

「だってぐちょぐちょじゃん。これいいんだろ」

指にも言葉にもなぶられて、切れ切れに朱斗が喘ぐ。もう終わりたいのに敏感な部分をいじっては、もうすこしというところでそらされる。

「ふっう、うっ、も、もぉあかん……っいけずいことすんなっ」

セーターを握りしめて訴えれば、伸びるからやめろと告げられて、握った拳でその肩をたたくしかない。

「なんで、こんなん……」

あんまりだと本気で泣き出した目元に、けれど指とも言葉とも相反するようなやさしい唇がふれて、わけがわからなくなってくる。

「なんでだと思う？」

おまけに耳元では、ささやくような問いかけがあって、呼気がふれるたびに身体が疼いて揺れてしまった。

「いやがらせだったらこんなことするか？　俺は」

問われて、紗のかかったような霞む思考にふっと正気が戻ってくる。

「どうなんだよ？」

碧が怒ったときにするいちばんの常套手段は無視だ。しかも凄まじい。その人間が自分の目のまえに、本当に存在しないかのように振る舞って、相手の自尊心もなにもかも踏みにじる。

「せ、せえへん」

「じゃ、なんだよ」

きらっている人間相手にはむしろ不必要なまでに愛想もいいし、あたりもやわらかい。その代わり、実質自分に関わることのいっさいに手をふれさせない、そんな性格の悪さがある。

「言うん……？　いま？」

「そ、答えな」

だから、こんなひどいやりかたでも、どんなに冷たい素振りでも、朱斗はそれを間違えてはいけないのだとは思う。

「間違うても、ばかにせえへん？　怒らん？」

あがった息のなかにどうしようもなくあまったるい期待がにじんで、違ったらどうしようという危惧も同じほどにまじりあって、揺れる目のままじっと見あげれば、碧はふわりと笑った。

「するに決まってんだろ。死ぬほど罵ってやる」

口調は相変わらずなのに、濡れた頬や唇の端に何度も唇を押しあててくる所作がどうしようもなくあまく感じられた。

「ひどっ……」

「間違ったらな」

鼻に抜ける声が止められないのはひらかれてしまったままの部分だけでなく、やわらかく震えている尻までまた撫で回されたせいだった。

「あっ、あっとったら、そし、たら？」

あげく、ジャンパーのまえはとっくにあけられて、ジップアップ式のセーターのジッパーも引きおろされて、寒さにたちあがった胸のさきまでつままれた。

「や……んっ」

「やんじゃねえって。……あってたら？」

びくんと跳ねた身体を木の幹にまた押しあてられて逃げられず、ぐらぐらになりながら朱斗はどうにか言葉を紡ごうと唇を舐めた。

「ん、うん、したら、おれ」

どうなるの、とまた舌を舐められながらようよう問いかければ、にやりと笑った碧はひそめた卑猥な声で、こう言いきった。

「オモチャにしてやるよ、朱斗」

「ひあ……っ」

最悪な台詞と同時に、ジーンズの縫い目を長い指でなぞられて、ぞくぞくしたものが背中を走った。

「それでうんと、かわいがってやるけど？」

そんなことを言われたらもうたまったもんではなくて、ばかでもあほでもオモチャでも、もうなんでもいいやと朱斗は思う。

「か、わいがって、くれんの……？」

答えはなく、濡れた目尻に押しあてられた唇を、今度は自分から請いながら。

「おれのこと……すき、やから?」

自信なんかはまるでなくて、どうかそうであってくれと願う言葉はかすれて震え、そのまま碧の唇に呑みこまれていく。

「……ん、んっんっ!」

ひとつ笑った碧からは、なんの答えも戻ってこなかったけれど、これ以上ないほど濃厚に絡められた舌と指とで導かれたさきに、罵りの言葉はなにもなかった。

「んっあ、あっ……いくっいくっ」

「だあから、うるせえって」

「うあ、や……イタ……いっ」

外だろうと強く握ってとがめる勝手さに、ふざけんなと言うよりもはやくと息を切らして、ちいさな声で「碧て、呼んでもええ?」と告げれば、これはあっさり「いいよ」と許された。

「なに、ひとりエッチんときそやって呼ぶの?」

図星をさされて黙りこむ朱斗を見おろし、にやにやと笑うから憎たらしい。

「いいよ、ほら。呼んでみ」

「や、もう言わん……っ、あんっ」

反抗すれば、ジーンズの外から尻を撫でていた指がさらになかにはいってくる。朱斗はただ悶えるしかなくなる。

「呼ぶまでいじめんぞ、おい」

「あっやっ……」

きつく耳を噛まれ、ぶるっと震えた。自分は本当にヘタレだと思いつつ、ずっと呼びたかった名前を口にするのに抵抗があるわけもなかった。

「みど、碧ぃ、あかんって……っ」

「あ、けっこうクルなあその呼ばれかた」

ベタだけどまあいいや、と笑った彼は上機嫌で、追いあげるように指を動かしてくる。すがりついたのは広い胸で、赤いセーターに負けないほどに赤くなった顔を歪め、切れ切れにもうだめと訴えた。

「いく……もぉ、でるぅ、でる、あ、あ……っ」

すすり泣くように言った瞬間には敏感な部分を強くいじめられ、ああ、とうめいて長い指を汚す朱斗のこめかみに、碧の唇が這わされた。

「はあ……あ、は」

肩で息をして、虚ろな目を見開いたまま胸にもたれていると、おい、と声をかけられる。

「おまえハンカチかなんか持ってる?」

「あ、うん」

はい、と差しだしたそれで、無造作に碧は汚れた指を拭った。自分のだしたものがその指を汚しているのにいたたまれず顔をそむければ、あられもないままの下肢に気づいて頭が沸騰する。

「それ返して」

余韻の残っているそれがじんじんするけれど、こっちも始末するからと言って手を差しだしたのに、答えないままの碧はついでのようにぬめったそれをハンカチで拭ってくる。

「ひっ」

「また硬くすんなって、ばか」

あきらかにわざとやったのだろう目元は楽しげに歪んでいて、腰が抜けそうになった朱斗の恨みがましい視線もさらりと受け流してしまった。

「さてじゃあ、いくか」

「え、え?」

あげく煙草をくわえるなり、身なりを整えている朱斗を置いてさっさと歩き出すから面食らって、とにかくとジーンズのジッパーをあげ、上着をかきあわせてあとを追えば、どっちがいいのと問われた。

「どっちて、なに?」

「きょうのきょうじゃホテルも空いてねえか。いいや、俺のマンションで」

「は？　あの？」

なにがなんだか、と思っている朱斗に振り返り、せせら笑った碧は、傲慢な口調で言いきった。

「おまえまさか、さっきので終わりとか思ってないだろ」

「え、ちゃうのん？」

なんだかいやな予感を覚えてあとじされれば、逃がすかと伸びてきた腕に捕まえられ、駐車場へと引きずっていかれる。

「あ、あの、みど、り？」

まだ慣れない名を呼べば、上機嫌な声が耳元で。

「……オモチャにされんだろ？」

思いきりいやらしく撫でられたのは、まだ痺れの去らない朱斗のちいさな尻だ。細い声が漏れそうになるのを必死になって耐える。

「泣かせてやるから、期待してろよ」

どういう口説き文句だと睨もうとして、しかしけっきょくはたったひとことで朱斗はあっさり籠絡される。

「おまえ泣くとかわいいもん」

「最悪やあ……」

泣き言も、もうあまえたものになっているから、あきらめるしかないだろう。

じゃあいこうかと押しこめられた助手席で、車の振動にも高ぶった身体は疼いてしまって、おさまるものではなかった。気づいた碧にマンションにつくまでの間にも、さんざんちょっかいをだされてしまった朱斗は、彼が好きだという顔を望みどおりにご披露する羽目になった。

「あんなとこでキスしてくんじゃねえよ」

「な、なんで……っ、あ」

信号待ちの間、左手のひとさし指だけでずっと胸のさきをいじられて、そこばっかりいやだと訴えても弱いのがばれているから碧はやめてくれなかった。

「連れてこいってうるせえからしかたなく連れてってさ。ようやく端っこに置いといたのに、あれじゃおまえ目だっちまうだろ」

「あ、かんかった、ん？　みどり、ん……やぁっ」

朦朧（もうろう）としてきたのは車の暖房がききすぎているせいなのか、ずっと押し揉（も）まれているちいさな粒から沸きあがるあまったるい熱のせいなのか、もう朱斗にはわからない。

「いや、そこっぐりぐりした、痛いっ」

ただなんだか嬉しいことを言われたような気もしたけれど、言葉が言語として脳にはいってくるよりも感触がほしくて、汗ばんだ髪を振るしかない。

「聞いてねえな、もういいよ」

片頬で笑った碧の表情は、暗い車のなかでも冷たくは見えなくて、それで胸がいっぱいになるからもう、どうでもいいのかもしれない。

もうちょっと我慢しろと告げられて、うんうんとうなずきながら、ついたらすぐに姫はじめだと、けろりと言った碧の声に、鼓膜が震えて溶けていった。

＊　＊　＊

碧がひとりで暮らすマンションは、彼の年齢にしてはかなり豪奢なほうだろうと思う。通常ならば一世帯が入居するだろう3LDKは、オートロック式のうえに管理人が常在、敷地内にはスポーツジムも隣接と、都内の一等地であるからこその贅沢な造りだ。

「おりて」

その上等なマンションの駐車場に、この夏買い換えたばかりの新車を乗りいれてささやくその声は、品よく低くあまいのに、ひどく淫らだった。

がくがくと脚を震わせた朱斗がどうにか助手席から降りたてば、ドアをロックした碧はついてこいと言わんばかりの傲慢さでさきをいく。

待って、と言っても無駄なのはこの数年のつきあいで思い知っているから、おぼつかない足下を騙し騙し小走りに追いかけると、意外にもちゃんとたち止まっていてはくれる。

逆に驚いた顔をしてしまえば、けれども碧は笑っただけで、上機嫌なまま歪めた唇で頬に口づけを落とされた。

「みどりっ……」

「誰もいねえじゃん」

焦った朱斗にくすりと笑い、びりびりとなったままの腰を抱いてくる。ひえ、とすくめられた首筋にもからかうように指はふれて、ほとんど抱きかかえられるままナンバー認証式の玄関をくぐった。

「カメラついてんのん、ちゃうの?」

車のなかの淫らな悪戯がそのまま余韻となって、朱斗の息はあがりっぱなしだ。

「ついてるよ」

「したら、まずいやんっ」

エレベーターのなかにしても、事故防止で監視カメラが設置されている。思わず顔を隠すようにうつむけば、強引に仰向けられて唇をふさがれ、朱斗はもがいた。

「や……っ、ややん、こんなん」

「なんで?」

「見られるやろっ」

「ココ、こんなたたせてんのに、なに言ってんの」

「や……っ」

キスだけならともかく、上昇するエレベーターのなかで尻やら胸やら、とにかく卑猥にふれてくる。この男には恥と言うものはないのかと頭に血が上るが、それこそとっくに承知の話ではある。

したいことをしたいときにするのが碧で、逆らえる人間を朱斗は知らない。それ以上に、あまりへたに抵抗して彼の興を削ぐのも怖い。

（やっぱやめた、とか、言いそうやんな）

気まぐれな友人に焦がれた時間が長かっただけ、躊躇(ためら)いも不安も大きくて、あまり本気では抗いきれないのだ。

オモチャにしてやるなんて、もうずいぶんな言いぐさだとは思うけれども、それでも。

（されてみたい）

そんなことを思ってしまう時点で、もう朱斗の負けなのだ。

「あっ……あ、うっんっ」

両手で包まれた尻をもみくちゃにされて、崩れそうな脚の間に碧の長いそれを差しこまれ、揶揄(やゆ)まじりの指摘どおりに熱くなった場所がもう痛い。

もうやめて、と鼻を鳴らしてしがみついた広い肩の持ち主にねっとりとした口づけを与えられている間に、目的の階へたどりついた。

「ひっ」

エレベーターの止まる振動に微妙な刺激を受け、こわばった身体は腰を抱かれて歩くように促された。もう一歩一歩踏み出すのも困難な朱斗には、碧の鼻歌でも歌いかねないような機嫌のよさが恨めしい。

「ちゃんと歩けよ」

「あっん……！」

よろよろとする腰を、あげくにぴしゃりとたたかれて、痛いはずなのに感じてしまった。あまったるい声のこぼれた朱斗にスケべとささやいてその場所をまたきゅうっと摑むから、厚ぼったい布地ごしの指の感触にぐずぐずになる。

「ほら、ついたから」

「んんっ」

ひらいた重く厚いドアの隙間に引きずりこまれ、それがまた閉じるか否かのタイミングで口づけられた。

外界から遮断された瞬間の安堵が身体をやわらかくして、抱いてくる腕にももう抗えない。首筋にあてがわれた手のひらの下ではやい脈がずきずきと頭を痛ませても、碧の舌のあまさには勝てないのだ。

「そういや、秀島さんとなに話してたんだよ」

「なに、て?」

靴を脱いでそのまま廊下の壁際に押しつけられ、さらさらとした髪をいじる長い指の動きに震えが止まらない。

問う言葉も耳を素通りしそうで、けれど微妙に尖った響きに目をみはると、ひとがうるさいから話してるふりをしてくれと言われただけだと答えた。

「名刺もらってただろうが」

「あ、あれは話のついでやけど。なんで? 碧、あのひと好かんの?」

苦々しくつぶやかれ、あんなにやさしそうなのにと首をかしげれば、べつに、と吐き捨てる。

「なに考えてんのかわかんねえのに、こっちのことは見透かしてるっつか、見くだしてる感じがしてむかつくんだよ」

「見くだすとか、そんな感じせんけどなあ。やさしかったよ?」

承伏しかねる朱斗に、息をついた碧は、自分からふったくせしてこの話題をとり下げた。

「どうでもいいよ、それより、することあんだろ」

「ん……っ」

朱斗にしても、いまここにいない人物の話よりも彼の唇を味わうほうが重要で、意識が靄ぐような深い口づけに酔ったようになる。

だせと言われて素直にそうした舌のさきだけを何度も碧が舐めてくるから、ひらいたままの唇の端からはとろりと唾液が滴った。

「みど……碧、みどり……っ」

「ん?」

木陰に連れこまれたときと同じように、手早くまえをはだけてくる器用な指にあわてると、もうさっきから尖ったままの胸のさきを指に挟まれた。

「なん、ここ、……ややぁ」

ムードだのなんだのをこの男に期待しても無駄なのはいやというほどわかっているし、朱斗にしてももうままならない衝動が押さえこめないのだけれど、せめてベッドにいきたいと、女みたいなことを思って恥ずかしくなる。

「なんでやなんだよ」

「し、んどいっ」

けれど、実際たったままが苦しすぎるのはさきほど思い知った。がくがくと膝が笑って滑り落ちそうな身体は、壁に預けてようようバランスを保っているばかりで、これ以上の刺激があればひとたまりもない。

「寒いんとか、痛いのん、キライやねんもん」

「うっせえなあ、もう」

　心底めんどうくさそうにつぶやかれ、びくりとひいた身体をしかし、突き放すかと思った碧は朱斗を腕のなかに引き寄せた。そのまま数歩の距離にある寝室へ誘われ、思ったよりもあっさりかなった願いに当惑していれば、ベッドに転がされた朱斗に乗りあがった碧は見透かすように笑った。

「んだよ、ほんとはたったままがよかったわけ？」

「なん、んなわけっ……あほ言うな！」

　上体を跳ねあげて嚙みついた朱斗に、「ああ、はいはい」と気のない返事をして、不意打ちのキスが高い音をたてて与えられる。

「朱斗、バンザイ」

「へ？　……ぅわ！」

　ずいぶんかわいらしいそれに面食らっている朱斗は、さらっとした碧の声にそのまま反射的に従ってしまい、あっという間に上半身を剝かれてしまった。乱暴に、ひとまとめに頭から抜かれたそれが耳をかすって痛いと抗議すれば、聞きもしないまま腰を浮かせろと命令される。

「だらだらしてっと口に突っこむぞ」

「う……」

なにをと、この状況で問うのもバカらしく、悪態をつくのも寒いと言うのが精一杯の朱斗は真っ赤な顔で無防備な腰を差しだした。

「なんや、って」

「そのままにしてろよ」

てっきりそのまま脱がされると思っていたのだが、膝だちの碧はしばらく無言で動かず、その膝をたてた朱斗の姿を眺めおろすばかりだった。フレームごしの観察するような目つきに、気づけばやけに猥褻(わいせつ)なポーズが恥ずかしくも苦しくて、どうあがいてもせがむ動きになってしまうから身じろぎもできない。

「ふうん」

「なんなん……?」

見られている角度もその場所も、即物的すぎる。この体勢は呼吸が浅くなるうえにすっかり高ぶった朱斗はジーンズのなかで膨らんでいるから、息も切れ切れになってくる。それをまた視線でなぶられて、もう堪忍して、と喘げばやっと、ひとさし指だけがそこをなぞった。

「あ!」

びりっと走る電流に揺れた身体はまたベッドに沈みこみ、衝撃の強さに脱力していればようやくその邪魔な衣服は脱がされる。

「なんだよ……あんだけでこんなんなっちゃうわけ?」

「ひ……っく」

身体を丸めて逃げようとしたのに足首を摑んで止められ、見た目よりも強いその腕に思いきり脚をひらかされた。

「閉じんなよ」

「やぁ……も、見、んといてっ」

「うそつけって」

喉奥で笑いながら、見せつけるようにようやく碧がそのセーターに手をかける。崩れた前髪を振る荒い仕種でさえ、なにもかもが優雅にさえ見えるのに、身体のぜんぶをひらかされて眺められている自分のみっともなさがいやでたまらない。

「何遍も言わすな、こら。本当に口でさせるぞ」

「ひゃあっ」

どうしても閉じてしまう腿をぴしゃりとたたかれ、もう朱斗は泣き出す寸前だった。

「やって、いややもん。こんなん、いややっ」

「やだやだ言ってんなっつの」

あきれた声も胸に痛い。それでも自分ばかり高ぶっているのは恥ずかしい。なんでそんなに平気な顔ができるのかと恨みがましく濡れた目で睨んで、それでも億劫そうな吐息を漏らされれば胸がつぶれる。

「……るから」

「あん？」

「口で、するからっ、も、このかっこ、いやゃぁ」

もう見ないでくれと膝を抱えれば、ふうん、と読めない声で碧は言った。

「できんの？」

「できる」

「噛んだりすんなよ？」

「……っ、たぶんへた、やけど、気いつける、からっ」

顎をとられてうつむいていた顔をあげさせられると、メガネをはずした碧の怜悧な顔があった。思ったよりも気分を害していないのは、そのあまい微笑に冷たさがないことで察せられ、朱斗はこくりと息を呑む。

「ほら」

節くれたところのない、しんなりと優美なラインの指が目のまえでボタンをはずしてみせる、たったそれだけの動きでも碧は卑猥で、艶めかしかった。膝だちのままのそこに、軽く頭に添えられた手のひらに促されるままおずおずと朱斗は顔をよせる。

（わ……）

修学旅行だなんだと行動をともにすることは多かったから、碧の身体もこの部分も見たことがないわけではない。それでも、こんなに間近でそれも、あきらかに興奮を示した状態のものは見たことがなくて、茹(ゆ)であがった頭がくらくらとした。

ふれた瞬間あきらかに硬度を増したそれが、もしもさっきの自分の姿から熱くなってくれているのだとしたら嬉しいのだけれど。まだ現実感のないままぼんやりと考え、両手を添えて先端を口に含んでみた。

「こ、でええの？」

どうすればいいのかわからないから取りあえず、さきのところを何度か舐めてみる。上目に窺えば笑った碧は朱斗の目元にかかった前髪をかきあげ、言った。

「ほんとヘッタクソ」

「しゃあない、やん」

したことないもん、と口を尖らせれば、まあねと笑う声がなぜか嬉しそうだった。

「んじゃ教えてやる」

「え？」

手を離せ、と言われて素直に従えば、とんと肩を押されてまたシーツに転がった。そうして体勢をいれ替えた碧の引きしまった腰が頭上に来るのと、ほったらかしのままでもおさまらなかったそこにぬるりとしたものがふれたのは、ほぼ同時だった。

「こうすんの」

「ひ……やーっ！」

いやんじゃねえよと笑った呼気さえ敏感に濡れた部分をくすぐる。びくびくと跳ねあがった腰をとがめるように、根本をきゅっとしめあげられた。

「イタ、い、碧、痛いてっ」

「ちゃんとやれ、ばか。教えてやってんだから」

あがいても無駄だと突き放す声が諭すから、ぐすぐすと鼻を鳴らしながら目のまえの碧に口づける。

「んむ……」

「無理にくわえんなよ、おえってすんぞ」

くすぐるように舐めて、幾度か啄んだあとに口腔に引きいれて、その唇の動きでやわらかく刺激する。ともすれば感覚だけが先走ってしまいそうなのをこらえ、できるだけ碧がするとおりの行為を続けた。

「んで、ここ、ほら」

「んー……ふ、んふ、んっ」

反り返ったそこの根本をやわらかく揉まれて、勝手に揺らぐ腰をこらえて同じように指を動かしながら、にじみ出てくるものを吸う動きが次第に躊躇いをなくしていった。

「そうそう」

「ん、んん？　……んっ」

やれば出来んじゃん、と含み笑う声に、褒められたいのはどうかしている。それでも碧のきれいな顔に不似合いなような膨らんだそれを、いま悦(よろこ)ばせているのが自分だということが、朱斗の身体に得もいわれぬような喜悦をもたらしているのは事実だった。

（こんな味、するんや）

口づけてみたくて、ただそれだけでもと願ったささやかな望みの奥には、こんなふうに淫らな部分も知りたいという気持ちがたしかに隠れていた。

時折聞こえるくぐもった吐息や、体温を感じる距離で震える肌、なによりも舌のうえで跳ねるそれを、本当はずっとこんなふうに。

「俺の、美味(うま)い？」

気づけば教えられていないような大胆な舌使いで、熱心にそれに吸いつく朱斗を碧がからかう。夢中になっているのが恥ずかしくて、それでも脚の間を覗(のぞ)きこんでくる目にこくりとうなずけば、いやらしい顔だと獣(けもの)の目で碧が笑った。

「ん、んんあっ！」

「うまくなったから、ご褒美な」

それでも、本気だしてやると傲慢に言った碧のやわらかい舌が心地よすぎて、手に包んだそれをちいさな舌で舐めているしかできなくなってくる。

「んっく……ん、んん」

ぎゅっと腰にしがみつき、ちいさな口のなかにはいる分だけ呑みこんでみせれば、もっと容赦のない愛撫(あいぶ)を施された下肢がとろけそうだった。

「んー、んゥんっ！」

べっとりと濡れそぼった体液が滴り落ちる感触はひらいた身体の奥にまで伝わり、ぬるぬるとしたそこにさきほどから碧の指がふれては離れ、朱斗の身体をすくませる。

「……ッあ！」

「こっちもちっちぇえなあ」

不意打ちで、窄(すぼ)まったそこを隠すように盛りあがった尻の肉を広げられ、碧から離れた唇が驚きに悲鳴をあげる。

「やめんなって」

「あ、あかんてそこ……した、あかんってっ」

焦る朱斗の胸の裡も知らず、痛くしないなどとしゃあしゃあと碧は言ったが、朱斗は実際それどころではない。

あきらめをつけようと思っていたきょうのきょうで起きた思わぬ展開に、心の準備はろくにできていないが、しかし。

「ん？」

「あー……っ、あ！」

身体のほうはもうすっかり、ほどけてほころんでしまっているのだと、奇妙にすんなりと侵入を許した指に、碧は訝しげな声をだした。

「おい。おまえ……ココ」

「ひぃんっ！」

「なんでこんなにやわらかいんだよ？」

いささか乱暴に含まされた指さきが入口で蠢いて、朱斗は死にたいような気分になってくる。どんどん碧の気配が冷たく険しくなっていき、しかし焦りと身体の興奮から恐慌状態になった脳はうまく言葉を紡げない。

「なに。ひょっとして、慣れてんの？」

「あ、ちが……っ」

胡乱な目つきになった碧は、ひんやりと空気さえ凍らせそうな声でつまらなそうに言い、朱斗の手を払って身体を起こした。

「違うことねえじゃん、なんだこれ」

「あっひやっ……う、動かした、あかんてっ」

あきらかに快感を知る動きで指を呑みこみ、抜き差しされるたびに跳ねあがる身体を冷めた顔で見おろされ、そうじゃない、と朱斗はかぶりを振った。

「そうじゃねえってなに？　っつか案外したたかなんだなあ、朱斗」

「し、したたかとか……なに？　そんなん、ちゃう」

「まあいっけど？　べつに、俺のまえに男いたってさ」

蹴散らしてたつもりだったのにいつの間に。つぶやいた碧の言葉もろくに咀嚼できず、ひどい誤解を解きたくて、朱斗は必死に言葉を紡いだ。

「いてへん……おれ、男、碧だけ……っ」

「いいって、うそつかなくて」

「ちゃうて、もぉっ」

怒らないで聞いてくれ、といまにも背を向けそうな彼の肩を摑んで、羞恥で死にそうな気分を耐え、朱斗は言い放った。

「自分で、しただけやんっ！」

「……あ？」

彼にしては間抜けな反応が返って、意味がわからなかったのかと焦りながら、涙目で朱斗は追いすがった。

「どう、どうせ、こんなんされたりせえへんからって、でも」

どんなふうにこの男が誰かを抱くのだろうと、想像しても想像してもわからなくて、それなのに思うほどに追いつめられる身体が苦しかった。精通を知ったのもじつのところ、碧と出会ってからだったし、そこからずっと、もう何年もひとりでする遊びの相手は碧しかいなくって。

「いれたり、すんのかなって……したら、したらおれ……アソコないからっ」

「……朱斗？」

「ネットで、そこ、その、そういうふうに使うって、やから」

おかずにしました、ごめんなさい。情けない告白をしながら、呆気にとられた男が怖くてきつく目を瞑り、また罵られるのだろうかと朱斗は喉をつまらせた。

「軽蔑せんとって……」

反応のないことが怖くて、弱くすがっていた腕も落ち、いやなつかえのある胸を自分でぎゅっと押さえた。

「はは……、ああ、そう」

呆然としたような声が胸をきしませて、逃げだしたい衝動に駆られた朱斗が跳ね起きるより、碧が押さえこむ動きのほうがはやかった。

「おいおい、なに逃げてんの」

「もう、いややもん、ややっ」

離せと、押しつぶされた身体の下でじたばたともがくのに、なんだか楽しげに笑った碧はその腕を強くするだけだ。

「なんで？　恥ずかしい？　お尻で気持ちよくなっちゃうから？」

「！　ひど……っ」

　揶揄の言葉に青ざめて、色を失った唇を強く噛みしめれば、目をあけろと碧が告げた。

「こっち見ろ、ほら」

「……っ、ひ」

「泣いてねえで、見ろって」

　命令するような口調なのに響きだけがひどくやさしい気がした。すがりたい心と怯えが綯(な)いまぜになった気分のまま、それでも碧に逆らえるはずがない。次第にひどくなる嗚咽(おえつ)をこらえてどうにか瞼(まぶた)をあげると、さきほどのあざけるような冷たさはもう、あまい顔だちのどこにもなかった。

「みど……りぃ」

　きれいな目に覗きこまれ、この男にきらわれたら死んでしまいそうだと、だから許してほしいとただ願ってすがりついた腕は振り払われることもなく、濡れた頬は形よい唇に拭われた。

「あのさあ？」

「ん……？」

　やさしげな所作にうっとりと息をつけば、しかしその上品な顔だちに似合わない言葉はまた朱斗の顔を染めあげる。

「そんでおまえ、ココでいけちゃうわけ？」

「っ！」

にい、と口の端を引きあげた碧に答えろとつめよられ、絶句したまま無意味に開閉する唇へ、舌を這わされた。どうなんだよ、と含み笑う目が猫のようにきらめいて、逃げられないと朱斗は思う。否定もできずうなずけば、さらに追及される。

「いれたの指だけ？」

それにもまた首を振って肯定すれば、またふうんと碧は言った。そして、冷えかけていた肌に這わせた指を、朱斗の細い内腿からゆっくりと上らせていく。

「何本いれんの？」

「あう、やっ」

言いながら、閉じかけていたそこにきれいな指をあてがわれ、喘いで反射的に閉じた脚はしかし、碧の身体に阻まれてしまう。

「あ……あ、あ……！」

そうして、枕元を探った碧がなにやらぬるりとしたものをその指に纏わせるから、呆気ないくらいにその場所は侵された。

「ああ、あーっ！」

「俺の指、どう」

問われても、言えるわけなどない。ほっそりとして見えても碧のそれは硬い質量があって、おまけに躊躇いの多かった自分の手とは違い、容赦なくなかをこじ開けてくるのだ。

それでまた、こうしたことに使用する粘性のローションが動きをたすけるものだから、じんじんと痺れきった場所は朱斗の知らない疼きを与えて、いたずらに混乱する。

「いっ、……あかんって……っ」

「よくねえの？」

わかっているくせにと睨めつけても、碧はその指も追求もずいぶんしつこくて、けっきょく朱斗はすべての暴露を余儀なくされた。

「うんっ、あっ、……ふたっつまで」

「ん？」

「いれ、いれたっ、指、二本……あああん！」

へえ、などと軽く言葉を受け流しながら、強引に二本めの指を押しこんできた碧は、それから？　と耳を噛んだ。

「どうすりゃいいんだ？　教えろよ」

「あっあっあっ……ん……！」

教えろもなにも、と器用な指がとんでもない動きを見せるせいでのたうち回るばかりの朱斗は、こらえても浮きあがって蠢く腰が恥ずかしかった。

「これ？　それともこう？」

「やぁ……そない、せえへん、もっ」

「じゃ、どうだって」

「そん、そんなぐいぐい……っしたこ、っ、したこと、ないぃ」

おっかなびっくりだった自分の指でさえ、敏感な粘膜は怖いくらいに感じたのに、潤滑剤まで使われて濡らされ、なめらかなそこを容赦なく穿（うが）ってはかき回されて、まともでなんかいられなかった。

「あー……あー……」

「おいおい、イッちゃってんぞ」

とろりと虚ろになった目で濡れそぼった声を吐きだすしかできなくなった朱斗に、碧はちいさく苦笑した。

「そんなにイイんだ？」

「あう……み、どりがぁ」

「俺？」

「うん、みどっ碧……が、ええの」

陶酔しきった表情で見あげたさきにある、端麗な顔を震える両手に包んで、キスしてくれないかなあと朱斗は思う。ぼんやりと願ったそれが勘のいい男にはすぐにわかったようで、しょうがねえなと言いながら、しっとりと濡れた口づけをくれた。

「……！」

背骨が溶けるような快感が走って、うねうねと腰が踊ってしまう。また増えた碧の指が食いつく肉に逆らうように蠢いて、広げられていく動きに彼の要求を知った。

「も……もぉ、ええから……ね……っ」

潤みきった目でそっと訴えれば、なんだよとまた底意地の悪い男は言う。どこまでもこの調子かと恨みがましくも思えたけれど、もう指だけでは物足りないようにふやけた腰の奥が舌なめずりを繰り返すから、肩にすがらせていた指をすべらせ、長い脚の間へとふれた。

「こ……れ」

「これ？」

「ゆび、やのうて……これで、……んぅ」

して、と言うまえに唇をふさがれたので、笑った形の碧の唇に喘ぎはそのまま吸いとられた。くちくちと音をたてる下肢の奥と唇のなかが濡れて熱くて溶けそうになる。

もっと腰をあげろと言われて、さっきみたいに焦らされたらどうしようと思いつつも脚をひらいた。そのまま覆い被さって来た碧がゆるゆると差しこんでいた指を抜いて、代わりにその高ぶったものを押しあててくる。

「ふぅ……んっ」

来るのか、と思って目を瞑り身がまえたのに、そのさきをこすりつけるばかりでなかなか彼は踏みこんで来ない。

「みど、……ンぁ！」

入口をつつかれてひくひくと跳ねる胸のうえに指と舌を与えられ、痛いくらい尖ったそこを舐め溶かすようにされた。じんわりした快感が碧をほしがる場所を疼かせ、ぬるぬるとすべるからよけいにつらい。

「ああ、ああっ……いや、やあ……！」

ほしいのに、と思えばなかが擦（こす）れあうくらいにそこが絞られて、たっぷりと含まされたぬるい液体がこぼれていく。

「碧……っ、いけずせんと、はよ……っあ！」

肩を噛まれて、ゆるく巻いた髪に指を差しこんで引き寄せ、うずうずと揺れる腰の奥に、はやくほしいとせがむと、浅く先端だけを含まされた。

「や、ん……っ」

「ほしい？」

「ほしっ、あ、抜いた、あかんっ」

そうしてまた引き抜かれ、追いかけるように腰を掲げればまたほんのすこしだけ、からかうようなそれが繰り返されて、朱斗は火照って熱い身体をのたうち回らせた。

「も、ひどっ……ちゃんと、いれ……っ」

次第にそのストロークが深く、穿つ時間も長くなり、もうすこし、もうすこしとほしがる身体は淫蕩に揺らめいて、碧の目を楽しませているのかももはやわからない。

「ああ、も、もっと、もっとっ」

「ゆっくり、キライか」

「ああ、ん……はよして……っあ、きてっ！」

ざわざわと信じられないくらいに身体のなかがさざめいて、そのままそれは碧を迎えた粘膜に呼応し、汗の似合わない男の顔に淫靡な色を浮かべさせた。

「ぜ、んぶいれて……ぜんぶほし……」

ちょうだいちょうだいとうねるそこが物足りなくて、気づけば自分から腰を押しつけて碧をねだった。欲張り、と告げる声もかすかにかすれて、薄目をひらいて窺った怜悧な顔だちが思うよりも近く、朱斗の心臓が跳ねあがる。

「あっん……！」

「っ！　……きっつ」

ふ、と息をついた碧に強く腰をゆすられ、ずる、と滑りこんだものをもう離すまいと食いしめてしまう。そのまま勝手に揺れてしまうから、碧はまた揶揄の言葉をささやいた。

「ったく……俺動く必要ねぇんじゃん」

「あっあっあっ……あ！　……や、やってっ……！」

恥じいるような気持ちもあるけれど、もう身体が止まらなくて、そんな自分にもあくまでそっけない碧にも、あんまりだと朱斗は顔を歪める。

それとも、やはりこんな身体ではつまらないのだろうかと思えばまた、泣けて。

「んっ……ひぅ……っごめ……っ」

「ん？」

「おれ……よぉ、ないん、やろ……？　ごめ……な？」

せめてすこしは気持ちよくなってほしいと、すがりついていた腕を離して肘をつき、精一杯の動きでくわえこんだものを刺激してみる。

「っと……おいっ」

「んあっや、……いいー……！」

なのにけっきょく感じてしまってあきれるくらいに淫らな声がこぼれ、びくりと四肢を突っぱれば、さらに碧が膨れあがる。

「ったく……っ」

あげく冗談じゃねえよと舌打ちした彼の腕に引きずり寄せられ、いままで焦らした時間がうそのように強く、突きあげられた。

「あっひっ、……やあっ！」

「おまえなんだよ、勝手すんなっつの……っ」

「や、やっ、……こわ……っ」

シーツのうえでずりあがっていく身体を押さえつけられ、いきなりの激しさに戸惑うひまもなく引きずりこまれた強い愉悦に、涙も悲鳴も止まらなくなる。

「手に負えねえ」

「ん……ん、あ！」

碧のつぶやきは、朱斗にだけ聞き取れるようなちいさなもので、そのまま駆けあがる身体の熱に巻かれた耳の奥、あまくとろりと声が流れる。

「あんまり、いじめんなって」

「して、へんも……っ」

こっちの台詞だと言いたくて、それでも痙攣（けいれん）じみた蠕動（ぜんどう）を繰り返す最奥（さいおう）が朱斗から声を奪っていく。

「こんなんしてて、よく言うぜ」

「勝手に、動くんやもんっ」

勝手にねえ、と喉奥で笑って、碧は深く吐息した。

「なにすっかわかんねえなこのばかは」

きつい言葉を吐くくせに、身勝手に揺さぶっているように見せかけるくせに、朱斗を傷つけないようにと動いているのは、いっさいの痛みを覚えない身体のほうが理解した。

「ばかて、言うなって……っく、うぁ、ああっん！」

そんな碧が嬉しくて、言い返しながら笑ってしまえば、この野郎と片頬を歪め、胸につくほどに脚を抱えあげられる。

「やん、奥、くる……っ」

「ほしいんだろうがっ」

「んー、んっ、そやけ、ど、……あっ、ああっ！」

どろどろになった身体のなかで唯一たしかな碧の感触におののきながらも、逃げるどころか差しだすように浮きあがる腰の丸みを鷲掴(わしづか)まれ、ぐにぐにと揉みこまれればその動きがなかまで伝わる。

「やっ、それあかんっ」

「いんだろ」

捏(こ)ねるような動きに変わったせいでよけいにたわむ濡れた粘膜は、すすりあげるような音をたてて碧をしゃぶった。浅く切れる息が唇をかすめ、そのあと何度も重なってくる碧の濡れたそれが卑猥できれいだった。

「……朱斗」

「ふあ、あっ……あっあっあっ！」

いいか、と問われる声が耳朶を貫いて、きんと耳鳴りがするほどに押し寄せる痺れが爛れきった下肢の奥をさらにおかしくする。

「も、あか……あかん……っ」

身体が壊れそうだと、たすけてほしいとしがみついたさきの男が自分を追いこんでいるのも知っているのに、すがりたいのはこの意地悪できれいな顔の彼しかいないのだ。

「みどりっ、もお、もおイッて、いって……！」

「ん……もうちょい」

揺らされて散る汗が目に染みて、それでもなめらかな頬に伝う汗さえも見逃したくないからと霞む目を凝らせば、なんだよと碧は笑った。

「おまえほんっと俺の顔好きな」

「うん、……すき」

だから見せて、とせがめば、なんだか楽しそうに碧が笑う。かき乱される淫らな快楽も押し流すほどの胸の痛みがあまりにあまくて、ああもうこれだからと朱斗は吐息した。

冷たくて意地悪で、あまくてきれいな碧。ほんのときたまにこんな顔で笑うから、すこしでも目を離したくない。

「んじゃ」

「あ、や……っ！」

懸命に瞬きをしながら見あげていたのに、ふいと大きな手のひらがその目元を覆ってしまうから、だめだと朱斗はもがいてみせた。

「や、ずるいっ」

ひどいと抗議すればまた笑った碧がすぐその手を離してくれて、半泣きの目の端に唇をよせてきた。そのまま重なったそれを、お互いの身体をまぜてあわせるように舐めあって、もうあとは言葉もないままただ、すすり泣くように喘いでいた。

「ああ、ああ、……いい……っ」

それでも、視線ははずさない。乱れる様ならなお見たい、プライドの高い碧が崩れる一瞬は、きっとなによりも無防備だろうから、それだけ許してと濡れた目はひたむきに彼を追う。

「だから、いじめだっておまえ、それ」

必死な目に苦笑した碧が最後に告げたのはそんな言葉で、どっちがだ、と朱斗は思う。

「いじめてんの、そっち、やん」

「……わかってねえなあ」

まあいいけどねと揺さぶられ、言葉どおり、なにがなんだかわからなくなった。

ただ、あえぐ。淫らなことを、そそのかされるままに口走る。手足を絡め、腰を揺らして、体内に食いしめた男を、もっともっととほしがるだけになる。

「あ、い、いく……！」

「ん……っ」

それでも、碧のかすかにうめいた声も、達する瞬間軽く伏せた目の震える睫毛(まつげ)も、意地になって焼きつけた。網膜と耳から脳に届いてしまえば、ふれられるよりも強い官能となって朱斗の骨をくだかせたのだった。

ナカセテミタイ

くぷくぷ、と奇妙にかわいらしいような淫靡なような音が下肢の奥と耳から同時に響いている。音だけでなく、脆弱な場所をしつこいくらいに刺激してくる指さきに悶え、朱斗はたまらずに身を捩った。

「あっ、あっあっあっ」

自分でやれと言われたとおり、指のさきでこね回す乳首は両方とも赤く腫れあがり、尖ったさきからなにかにじんでしまうのではないかと思うほど鋭敏に、じんじんと痺れている。

もう痛いくらいになっているのに、手を止めればたぶん叱責と同時にひどい悪戯をされるのがわかっているからやめられない。またそのちりちりとした痛みがなければ、正気を保っていられないのも実際だ。

「んー……っ」

唇を噛んで、のけぞらせた頭部がシーツにこすりつけられる。朱斗のさらさらとした清潔な髪は、じっとりと汗に湿ってひどく重たく、こめかみの疼くような熱を持て余して振り乱された。

「はっ、はっ、はっ」

大きな二重の目はさきほどから、天井を睨んではまたびくりと閉ざされ、ひらくころにはさらにその潤んだ色合いを濃くしている。ゆらゆらと視界が不安定に揺れて、息苦しさに胸を喘がせればすすり泣くような声が漏れた。

「んんん、いや……っ、ややあ……！」

ちいさく形いい鼻のさきが、何度もすすりあげたせいで赤く染まる。しっとりと粒になった汗のにじんだ肌は上気したまま薄桃色に染めあげられ、洗いたての夏の果実のようにみずみずしい。

哀切な響きには淫靡なものが含まれ、ふっくらと小振りな唇は、何度も噛みしめたせいで赤く濡れたまま腫れあがっている。瞬きを繰り返した瞼を縁取るくるりと上向いた睫毛には、重そうな涙が絡んでいまにもこぼれ落ちそうに震えていた。

幼い印象の強い顔だちが、そうなるとたん淫らさを帯び、独特の魅力と危うさを含むことを朱斗だけが知らない。

「いー……っん、みど、りぃ」

「うん？」

生返事をする碧のうつくしい指さきは、そのつれない表情と裏腹にどこまでも卑猥に蠢き、朱斗の奥深くにひそんだ官能を引きずり出そうとしている。

「ちゃ、んと、してぇなっ」

「してんだろ」

うそやん、と子どものように唇を歪めて、大きくひらききった膝を曲げながら朱斗はついに泣き言を漏らした。

「じゃあ……じゃあなんで、そんなん読んでんねんっ」

「休み明けにレポート提出なんだから、しょうがねえだろ」

碧の長い指がはらりとめくった上製本の背表紙には『視覚伝達論・概論——イコンとマスコミュニケーション』とある。

「そん、そんなんきょうでなくてもええやん……！　休み、いっぱいあんねんやろっ⁉」

十二章めのページに赤ペンをざくざくとひいて付箋を貼りつけ、それでいながら朱斗の内部をいじめる指を止めない碧はくわえ煙草のままうっそりと息を吐きだした。

「うるさいよおまえ。ちょっと静かにしろ」

「そん、そんな、……そんなこと、言う、てもおっ」

広いベッドのうえに裸の朱斗を仰向けに転がせているくせに、碧は着衣のまま、自分はボタンひとつ乱さない姿でいる。その落差だけでも充分な辱めだというのに、手に持っているのは小難しそうな美術論のテキストで、視線はそこからすこしも離れないのだ。

「古くっせー本だなまったく……何十年もまえの自著でレポート書けとか言ってんじゃねえよ、どうせ在庫減らししたいだけのくせしてあのクソ教授」

「いひぁっ、あっあっ、ま、またいれた……っ」

ぐじゅっと音をたてたのは碧の指がさらに増やされた朱斗の尻の奥で、目をみはったまま脚を痙攣（けいれん）させていれば、淡々とした声がそこには続く。

「創造の過程と視覚化とは、心理学的に同じ意味合いを持ち、孵化（ふか）〈incubation〉から解明〈illumination〉への段階推移には——えーっと？　なんだこりゃ文章へったくそだなこいつ」

「あああん、も、もっ、あかん、そこ、いやあっ」

「緊張と孤立の時期を経た洞察の瞬間を取得する必要があり、そこには無意識的な力が大いに働きかけている——ってなんだよ、要するに風呂にはいってなんか閃（ひらめ）いたりすることがあるってこったろ。日本語で書けよ日本語で」

「ひいいんっ、ぐちゃぐちゃした、ら、いややぁ……！」

いらいらと煙を吐きだすなり乱暴に指を抜き差しされて、朱斗は本気で泣き声をあげた。感じれば感じるだけ、苦しいのだ。さわるなと言われたあげく、ほったらかされたまま限界まで膨れあがった性器には碧が持ちこんだラバーバンドがぴっちりと絡みついて、全体をしめつけている。

「もおとって、……これ、とって……っ」

悪趣味なことに、そのラバー製の袋様のものは朱斗専用で作られた、特注品だ。それも碧と同じ大学で立体造形を専攻する友人のひとりがゴム素材にはまっているので、わざわざ注文したらしい。

一見は厚手のコンドームにも似たものだったが、被せられたときよりもあとになればなるほどにぎっちりとしまっていく。

美術系の人間というのは時々おそろしく悪趣味で、男性器や女性器を模したオブジェなどを手遊びに作ることがあるのは知っていた。

碧の部屋の奥を覗いて、三十センチはあるペニスのブロンズ像やヴァギナの石膏像を見つけてはぎょっとするのも、高校のころからの話だったので、過激な造形物にはだいぶ免疫がついた朱斗ではある。

人体デッサンほかで全裸の人間に慣れきった彼らは、リアルな性器そのもののそれらについても、ただ造形的に細部を追求して制作したのみだと知ってはいるから朱斗もいまさら顔を赤らめたりはしない。

だが、一部例外もあるけれど、そうした日常を送るせいか、美大生、美大受験生やその周辺の学生たちが、性的なことに関して一様に開放的であるのも事実だ。

しかしこんなものまで造ってしまうのは、さすがに度がすぎているだろうと朱斗は涙目になる。

「なんだよ、それ気にいってんだろ？　こんなに勃起してんじゃんか」

「あう！」

いま碧が言ったように、それがあまりに朱斗のサイズにフィットする感じがおそろしく、また心地よいから困るのだ。

型をとりでもしたかのように、膨張時の大きさにあわせて計算尽くで作られたそれには、けっして射精できないように根本からぴたりとしめつけられ、おかげで終わりにすることもできない。

「も、……も、苦しい……いやや、いけずいことせんで……！」

「まーだ。倉沢に頼むの、高くついたんだからな、もうすこし遊んでおけよ」

本気で哀願している朱斗の声に、碧は鼻で笑うばかりだ。

「なん、なんで、そんなん……っ」

「言うこと聞かないから悪いんだろ？」

声音だけはやさしいけれど、レンズごしの目がひややかに輝いて、碧が本気で気分を害していることを知った朱斗は悲鳴を呑みこむ。

そうして、喉奥に引っこめた言葉の代わりにあふれ出したのは、大粒の涙だけだった。

＊　＊　＊

ことの起こりは、志水朱斗が受け取った、とある招待状だ。

盆休みを控えたある日、朱斗のもとに届いたそれを開封するまえに裏書きをたしかめれば、大きな目は見開かれて嬉しそうに輝く。

「あ、秀島さんやあ！」

手漉き和紙でセンス良く仕上がっている二つ折りの招待状には、穏やかな彼に似合いの端正な字でしたためられた、丁寧な手紙が添えてある。

この年はじめの個展が成功したため、急遽夏にもすこし大きめの展覧会を催すことになったので、是非レセプションにもどうぞと、短いけれども人柄のにじむようなやさしい文章を何度も眺め、朱斗は唇をほころばせた。

「また、やらはるんやなあ……すごいなあ」

秀島慈英という、その道ではずいぶん名のとおった新進気鋭の画家と、どこにでもあるレンタルビデオショップ店員である朱斗が知りあいであると告げれば、大抵のひとは「なぜだ」と首をかしげることだろう。

本来ならまったく関わりのない世界にいるふたりが出会ったのは、昨年の冬のパーティーだった。芸大ＯＢ主催の、本来学閥に所属するものかもしくはその業界に関わるひとびとのみが招待されるものだ。

選民意識を丸出しにしたそれは、さほど大がかりなものではない。朱斗にしても友人の誘いがなければ、そんな集まりがあることさえも知らなかっただろう。

だが、中学時代からの同級生であるその友人は、なんの気まぐれかそのパーティーに朱斗を引きずり出した。しかし傲慢で勝手な性格そのままに、会がはじまったと同時に誰ひとり知るもののない朱斗をほったらかしてくれていた。

身の置き場がなく、つくねんと壁の花になっていた朱斗に、自身もおとり巻きに囲まれるのに辟易していた慈英が「すこし話しているふりをしてくれ」と頼みこんできたのがきっかけだ。

お高そうな料理に、空腹を感じても手をだす気になれないでいた朱斗に、これをどうぞと料理の載った皿を差しだした彼には、正直餌づけされたような感は否めない。

三十分にも満たない、ほんの短い邂逅ではあったが、温厚でやさしげな雰囲気も、控えめであるけれどよくとおる、低くていい声も、もとからひとなつこく警戒心というものが薄い朱斗の心をひらくには充分だった。

帰り際名刺をくれた慈英がそのときに誘ってくれた個展に、図々しいかと悩みつつも赴けば、彼は変わらないやさしげな笑みで朱斗を迎えいれてくれた。

芳名帳に住所と名前を記すというのもやったことのない経験で、ひどく緊張したけれど、なんだかちょっと背伸びしたような感じがして楽しかった。

——苦手なら、マジックで書いてもいいんだよ。

目をまわしながら必死に慣れない筆ペンで文字を書く朱斗に苦笑して、ふつうにしてねと笑う慈英の顔にひどく、ほっとさせられる気分だった。

　大人で落ちついた人柄とその誠実さにますます好感を持ったが、銀座の画廊に展示された数々の絵を眺めて、慈英がパーティーのとき、なぜあれほどまでに下にも置かない扱いを受けていたのかを朱斗は驚きとともに知ったのだ。

　全体に似たような色遣いの連作は『蒼天』という題がつけられたとおり、青をテーマにしているのだろう。抽象絵画にはあかるくない朱斗だったけれど、慈英の理屈を吹き飛ばすような才能のまえに、展覧された絵を見ている間中ただぽかんと口をあけるだけだった。

　そうして時間いっぱいまで、圧倒され続けたそれらを堪能し、感動に涙目になりつつ拙い言葉で「ファンになりました」と伝えれば、慈英は穏やかに笑ってくれたのだ。

　上梓されたばかりの画集も購入し、いつかまた個展があったら教えてくださいねと念を押して帰ってきたけれど、その後お礼の手紙まで来たときには感激を通り越して感動まで覚えた。

「忙しゅう、してはるんやろになあ」

　まさか自筆で手紙までくれるとは思わなかったと舞いあがりながら返事を書くうちに、なんだかだんだん文通めいたやりとりになり、結果、最近ではたまに電話で近況報告までする仲になっている。

『レセプションといっても少人数ですし、くだけたものだからお気軽にどうぞ』

ひとりで不安なら、ともだちを誘ってもかまわないと結ばれたそれを丁寧にたたんでしまう。

手紙のあちこちににじんだ気遣いはただ嬉しく、やっぱりいいひとだ、と二十歳(はたち)になっても幼げな顔をほころばせ、朱斗は感動を噛みしめる。

個展開催の日程はちょうど、就職してはじめての盆休みと重なっている。朱斗の職場は二十四時間営業で年中無休のため、長期休みも申請制だ。折よく希望した日程と噛み合っているから問題もないぞとひとりうなずいて、しかし朱斗はその眉(まゆ)をよせた。

「碧……は、行かんやろ、なあ」

ぽつん、とつぶやいたその名前に、ちいさく胸が疼く。彼こそが、ふたりを偶然引き合わせたあのパーティーに引きずっていった張本人なのだが、碧は慈英と朱斗の交流を喜んでいないのだ。

というよりも、慈英自体をなぜか、あの長身の男は毛嫌いしているようで、名前をだすだけでもうっそりと不機嫌になる。

とはいえ、機嫌のいい碧というのも、本当にめったにお目にかかれない代物なのだが。

秀麗ではなやかな弓削(ゆげ)碧という青年は、現在芸大の二年生だ。受験時の成績は実技試験も教科試験もぶっちぎりの首席。センター試験の結果だけで言えば、充分にふつう大学の国立クラスも射程内だったらしい。

高校生のころからデザインコンペそのほかでいくつもの賞をとっていた彼は将来を嘱望される才気走った人物で、学生であるいま現在、すでにそのデザインを欲した企業からいくつかの仕事を受けているほどだ。

そうしてまた、碧の容姿も一般人とは言いきれないはなやかさだ。一八〇センチを超える長身に、ゆるやかに巻いた漆黒の髪。

髪と対照的な肌の色合いは透明に白く、質のいい石膏を丁寧に彫りあげて磨きこんだようななめらかさがある。

冷たいようなうつくしい顔だちには蠱惑(こわく)的な笑みが似合い、騒がれるのがいやだとかで本人は隠しているが、それはどうやら女優業をいとなんでいる母親譲りらしい。

父親は大企業の重役で、金銭的にも裕福な家庭に育った碧は、こう列挙すれば一点の疵(きず)もない完璧な青年のようだけれど、唯一どうしようもない難点があった。

とにかく、性格が悪いのだ。

外面がいいだけに敵を作るほどに浅はかでなく、他人同然の相手には愛想もいいから信奉者は枚挙にいとまがないほどだが、素の部分を見せてもかまわないと判断した相手にはとことんまでに意地が悪い。

そしてまた本人もそれを自覚したうえに、改める意志がまったくないから困ったものなのだ。

激烈な性格と行動で、もっとも被害にあっているのは、碧の幼なじみである佐藤一朗という好青年、そしていま、招待状を見つめてため息をつく朱斗本人だ。

「どないしよかなあ」

物心つくまで関西にいたため、なかなか抜けないなまりをそのままに、朱斗はしみじみつぶやいてしまう。

ただでさえ、この春から学生でなくなった朱斗が自分の都合にあわせられないことをあの男はひどく怒っていて、これで毛嫌いしている慈英の個展にいくとなれば、当面口もきいてはくれないだろう。

いや、それならばまだましかもしれないと、春さきのできごとを思いだして朱斗は幼げな顔を淫らに染める。

（もう、縛られるのとか、いややもん）

就職してからひとり暮らしをはじめた朱斗の部屋を、はじめて訪れた碧は最初、ひどく機嫌がよかった。ふたりきりでいやみも言われないまま、とりとめない会話をすることも、長い腕に巻きこまれて口づけを受けることも、朱斗は本当に嬉しかったのだ。

しかし、長い睫毛に縁取られたうつくしい目が、顔だちによく似合う細いフレームのメガネごし、部屋の隅の本棚に向けられたあたりからにわかに雲行きはあやしくなった。

――なんでこんなもんが、ここにあるわけ？

大事にしまっておいた慈英の画集を長い指につまみあげ、鼻を鳴らした碧の目がすうっと細くなった瞬間、朱斗の背中には条件反射のように冷や汗がにじんだ。

べつになにも悪いことはしていないというのに、一息に零下までその温度をさげた眼差しに震えあがって、身じろぎさえもできないままに衣服を剝かれ、後ろ手に縛りあげられてしまった。

いやだやめてと泣き叫んだけれど、それから一晩中かけてひどいくらいにいたぶられて、翌日の仕事では声がまったくでなくなり、風邪をいいわけに接客のシフトを変わってもらうしかなかった。

そうでなくとも、一日をたったままですごすことは難しかっただろう。長い時間碧のそれを受けいれ続けた尻の奥はすっかりゆるんでしまってまるで力がはいらず、じんじんと鈍い痛みを訴えていた。

あんな目にはもう、あいたくない。しかしそれ以上に疑問があると、朱斗は首をかしげる。

「なんであんなに、秀島さんのこときらうんやろ」

理由はまったくわからないだけに、どうしていいのかわからない。それでも、朱斗としてはあの穏和ですばらしい才能を持った慈英とのつながりを、自分から絶ってしまいたくはないのだ。

『――お仕事もまだ慣れないようですが、いつも一所懸命で努力家の朱斗くんなので、無理をしないか心配です。この夏は暑いようなので、とくにあまりがんばりすぎないように。今回のこれも、無理にとは言いませんがたまの息抜きにどうでしょうか？』

　まだ自分と同じ二十代で、天才と呼ばれる画家であるのに、慈英はすこしも傲ったところがない。一定の温度に保たれたような落ちつきとやさしさはいつも変わることがなく、ひとりっ子の朱斗にとっては、すこし年の離れた兄のような慕わしさがある。

　遠い場所にいるからこその気安さもあるのだろう、近くにいる友人にさえ漏らせない悩みや鬱屈を、慈英にはなぜか素直に打ちあけられた。そして彼もまたそれを拒まず、ごくたまの手紙や電話でも、すこしめげたことがある朱斗が愚痴ればやさしく励ましてくれる。

「ええひとなんやけどなあ」

　あれほどの人格者はそうはいないだろうと思う。慈英をきらう人間というのもまったく想像がつかないが、朱斗のごく近しい、あの怜悧な彼は実際、名前をだすだけでも秀麗な眉をひそめてしまうのだ。

「なんでなん……？　訊いても教えてくれへんし」

　そうして、ひとたび碧の顔がしかめられれば、朱斗はもう次の言葉を紡ぐことさえできなくなる。その剣呑な気配がおそろしいのと、怒りをあらわにした碧の顔が、あまりにも研ぎ澄まされてうつくしいからだ。

　きれいなきれいな碧。存在そのものが芸術品のような顔を眺めていれば、ただため息だけがこぼれてしまう。

どこにいっても小動物扱いされる朱斗は、自分の顔があまり好きではない。

碧と出会った中学生のころには、いまよりももっと小柄で子どもっぽくて、小学生のようだとつつかれたほどだ。その当時からすでに美貌を誇っていた碧は、傲慢で完璧な少年で、朱斗は彼の虜になってしまった。

幼いころにできあがったヒエラルキーというものは、覆すのもたやすくない。まして現状の関係を鑑みれば、よけいに碧を不快にさせたくはないのだと、朱斗はこっそり吐息する。

「オモチャやもんな、おれ」

飽きたら捨てられるのが定石の、その程度の存在でしかない自分を思いだせば、苦しくてたまらなくなる。

――オモチャにしてやるよ、朱斗。

あの冬の日、傲然と言い放たれた言葉のとおり、碧はあれからなにくれとなく朱斗をかまってくれてはいる。けれどそれも大抵、彼の気まぐれやなにかで振りまわされているだけで、以前と変わったことと言えば、それにセックスがくわわったくらいのものだ。

――いやがらせだったらこんなことするか？　俺は。

ささやかれた言葉どおり、きらわれているわけではないと思う。怠惰でめんどうくさがりの碧は、きらった人間にいちいちちょっかいをかけるような真似はしないだろうし、気にいられてもいるのだろう。

けれども毎回振りまわされて、弄ばれているような感覚はやはり、抜けない。都合のいいオモチャのように扱われることに抵抗がないわけではないし、できるならもっとやさしくしてほしいとも思う。

そうでなければせめて——言葉にして、気持ちを教えてほしい。

自分を好きだからこんな真似をするのかと、はじめてふれられたときに涙まじりに喘ぎながら口にしたそれを、碧は否定こそしなかったけれど、肯定もしていないのだ。

もう何度も抱かれたけれど、むかしからはなやかだった碧の周りには男女問わずのセックスフレンドもいたようだ。そのうちのひとりでいいからくわえてほしいと思いつめた時期もあったが、そうなったらなったでけっきょく、つらい。

そして朱斗自身、碧がこんな、なんの取り柄もない自分を好きなわけもないだろうと、どこかであきらめているのも事実だった。

大勢のなかのひとりになってしまうことは、思っていたよりもずっと惨めで哀しく、侘びしいものだった。ふれられずにいたときには、遊びでいいとまで思ったのに、いざそうなってみればほかの誰かにも同じことをするのかと、肌を重ねるたびに身悶える羽目になっている。

それでまた碧の態度ときたら、セックスをするまえとあとでどうなったかと言えば、むしろ意地悪さが増したくらいなのだ。以前ならば気にも止めなかったような些細なことでいちいち怒るし、そのたびに淫らなお仕置きをされてしまう。

「誰に会うなここに行くなて……そんなんばっかで、言いつけきかんかったら変なことするし」

行動を制限されたり、命令じみた物言いでひとづきあいを限定されたり。

それは朱斗自身の時間をすべて碧に捧げろと言わんばかりなのに、それでいて彼自身はますます忙しいからとこちらにあわせることをしない。

「なんであんな、わがままなんやろ……?」

これじゃまるで本当に都合のいいときだけのオモチャだろう。かわいがってやると言ったくせに、すこしもかわいがられている実感も持てない朱斗はだんだん哀しくなってくる。

だが、朱斗としてはそんな状態でも碧に見捨てられたくはないのだ。となれば、碧を刺激しないのがいちばんであるのだが、それでも、わざわざこうして招いてくれた慈英の気持ちを無下にしたくないのも本心で。

じっと招待状を見つめ、むうっと顔をしかめたまましばし思案した朱斗は、ややあって「そうだ」と愁眉をひらいた。

我ながら妙案を思いついたと、うきうきとしながら受話器をとりあげる。

「あ、もしもし？　さとーくん？　あんなあ、夏休みやろ。今度の金曜日、ひまある？」

『金曜？　ちょっと待ってな。……おう、あいてるよ』

旧知の仲であり、口が堅く誠実な友人ならば、さすがに碧も怒るまい。佐藤とふたりで買い物につきあってもらったことにして、当日のいきさきだけ伏せれば、彼も文句は言わないだろう。

（これならきっと、だいじょぶやん）

いっしょにいってほしいところがあるのだと告げれば、ひとのいい佐藤はあっさり了承する。待ち合わせは何時でどこで――と約束を交わしながら、朱斗はこんなことで気をまわさなければいけない自分の境遇と、碧に対しての複雑な思慕を噛みしめていた。

＊　＊　＊

方向音痴気味の朱斗は招待状の地図を佐藤に手渡し、どちらが招かれた客なんだと苦笑されつつも、レセプション会場へとたどりついた。

翌日には展示会場となるその場所には、朱斗らが到着した時点ですでにケータリングの料理とテーブルセッティングが完璧になされていた。高級そうでセンスのいい空間に仕たてられてはいるが、それでも慈英のひととなりを物語るように、それはけっして華美なものではなく、朱斗にもどこかほっと息のつけるようなパーティー会場になっている。

「志水さま……少々お待ちいただけますか？」

「あ、は、はい」

入口受付で招待状を渡すなり、スタッフらしい女性が朱斗の名前を確認して、この場で待っているようにと告げる。

（な、なんやろ）

もの慣れない朱斗はなにかしでかしたのかと内心青ざめ、どきどきとしながらたちすくんでいたが、ほどなく現れた長身の姿にほっと息をついた。

「秀島さん！　こんばんは！」

「ああ、ひさしぶりだね、朱斗くん。いらっしゃい。そちらはおともだち？」

「はじめまして、佐藤です。本日はお邪魔させていただきます」

礼儀正しい佐藤が丁寧に頭をさげ、ごゆっくりと大人らしい笑みを浮かべて慈英も会釈する。

「ずいぶん大人っぽいんだね……同い年？」

「あ、そおです。中学からいっしょで、あの……弓削も」

まだ十代のころから、聡明（そうめい）な佐藤の情動はひどく落ちつききっていて、大抵大人相手に失敗したことがない。それが破天荒な碧や、子どもっぽく落ちつきのない朱斗の面倒をふたりまとめて見させてしまった結果であるから、時折申し訳なくもなってしまうのだが。

「なるほど……弓削くんの」

碧の名前をだしたとき、どうしてか慈英はすこし困ったように笑う。その表情に怪訝な顔を浮かべた佐藤は、すこし不安そうに問いかけた。

「あの、弓削がなにかしましたでしょうか？」

「ああ、いや。有名だからね、彼は……いろんな意味で」

「え？」

どういう意味だろう、と佐藤と朱斗が目をあわせていれば、しかしゆっくり話している時間はないらしく、すぐに背後から慈英を呼ぶ声がかかった。

「あ、はい！　すまないけどいまはこれで。ゆっくりしていって」

「気にせんとってください、どうぞ」

悪いね、と苦笑して片手をあげた彼は、この日もスーツを纏っている。ふだんはラフなジーンズやTシャツが多いと聞いているが、不精髭にくせのある髪と、ダークスーツは細身の身体にとても似合っていると思う。

去っていく新鋭画家を見送って、佐藤は「へえ」と感心したような表情を浮かべた。

「あれが秀島さんかあ。なんか貫禄だな……まだ三十いってないんだろ？」

「ええと……たしか二十七か八やって」

「うわ、若いなあ！　背もでかいし」

傍らでなるほどと形よい頭を何度もうなずかせる佐藤もかなりの長身だ。バスケ部で鍛えた彼はかっちりとした筋肉の乗る大柄な体軀をしていて、一九〇センチを超えている。

　ややあって、ふと会場内の明かりが落とされ、前方に設置された壇上では主催者の御崎という老年の紳士が挨拶の言葉を述べはじめた。しかしそれもすぐに切りあげられ、慈英が苦笑を浮かべたままひっぱりだされるのが見える。

　マイクを握った瞬間会場を一瞥した黒い目が、一瞬朱斗のうえに止まった気がした。その後、やわらかく微笑んでみせた慈英は深みのある声を響かせる。

『――えー、本日はご多忙のなか、お集まりいただきまして、ありがとうございます。レセプションといっても堅苦しいことは抜きで、ゆっくりご歓談いただければと思います』

　以上で、とあっさり切りあげて、独特の笑みを浮かべた慈英はすぐに引っこんでしまった。傍近くにいた、彼によく似た髭面の男に冷やかすように背中をはたかれている姿は、どこにでもいる青年のようにも見える。

「なんか迫力だな。俺ほどじゃないにしろ、でかいけど……身長ばっかじゃない感じだよ」

　しかし、佐藤がぽつりとつぶやいたように、さきほどスポットを浴びた瞬間には慈英の纏う空気がその場を包みこむような感覚があったと朱斗は感じていた。

　いずれにせよ皆、朱斗よりは頭ひとつは大きいのだが、実際の身長以上に慈英は大きく見えるところがある。

雰囲気は穏和で静謐（せいひつ）といってもいいのに、なにかオーラのようなものがその細い身体からは発せられているかのように、圧倒的な存在感があるのだ。

「でも気さくで、ええひとやねん。ちょっと緊張はするけど、やさしゅうしてくれるし」

平素からやわらかい雰囲気であるから、朱斗のようななんの取り柄もない子どもでも臆（おく）さずに話すことができるのだ。そう告げれば佐藤は苦笑まじりに首をかしげてみせる。

「うーん……そうか？　俺はやっぱあのひと、近寄りがたいけどなあ」

「え？」

「ちょっとばっか、怖いかな……ああいう、違うとこ生きてるタイプはさ」

意外な言葉にきょとんとすれば、佐藤のすっきりと切れ長で、一重の目がしかたないなと言いたげに細くなる。

「ま、朱斗だからな。いいんじゃない？　仲良くしてもらえよ」

含みの多い言葉に、きょとんと朱斗は首をかしげるだけだ。自分だから、なんだというのだと丸く目を見開けば、佐藤はますます苦笑を深くした。

「なんやあそれ？　わからん」

「はいはい、それよっか飯もらおうぜ飯。ほら、なに食うの」

面倒見のいい佐藤に腕をひかれ、あれやこれやと世話を焼かれるのはいつものことだ。学生らしく旺盛（おうせい）な食欲を見せた佐藤に連れられて、料理の並んだテーブルに向かった。

「けどきょう、なんで俺だったわけ？」

「え？」

グレービーソースのたっぷりかかった肉料理を頰張りつつ問われ、朱斗はすこしだけぎくりとする。絵のことだったら碧のほうが話がとおるだろうにと、邪気のないまま目をあわせられ、どう言い抜けたものかと思案していたときだ。

「ああ、いたいた、この子たち？　慈英くん」

「ちょっと……久遠さん」

はなやいだきれいな声が聞こえ、窘めるような慈英の声が聞こえたかと思って振り向けば、そこには目の覚めるような美形がたっていた。

（うわ、びじーん）

碧よりはやや背が低いだろうけれども、完璧なまでのボディバランスで、一瞬遠近感が狂う。ぽかん、と見とれていた朱斗と佐藤だったが、しかしその浮世離れした美形の口から飛び出た質問には度肝を抜かれた。

「ねえ。きみたち弓削碧のともだちなんだよね？　じゃあ、やっぱりアンチ秀島なの？」

「……はい!?」

異口同音で目を剝いたのは佐藤も朱斗も同じだ。そして、なんと答えたものかと呆然としていれば、けろりとした顔で久遠と呼ばれた美形は、つややかな唇を笑わせる。

「あ、べつにびびんなくてもいいよー。慈英くんこんな無害そうな顔して敵多いしさあ。いい子なんだけど天才だからしょーがないよねー……って、いったあ！」

　その美形の、饒舌な口をふさいだのは背後からの衝撃だ。ふれるのも畏れ多いような、形よい頭をおそろしく容赦なくひっぱたいた大きな手のひらの持ち主は、剣呑な顔を隠しもしないでたっている。

「なにすんだよ、痛いよ照映っ」

「痛いじゃねえよ、久遠……おまえは口は災いのもとって言葉を知らねえのか？」

　唸るように告げたのは、さきほど壇上での慈英を冷やかしていた、これもまたひどく迫力があるハンサムだった。慈英よりもやや野性味が強く、体格に厚みがある以外はじつによく似た面差しの彼の横にたち、困った表情を浮かべた慈英は「いとこなんだ」と紹介してくれた。

「そしてこちらは霧島久遠さん、いとこといっしょにジュエリーの会社をやってるひとで……ごめん、悪気はないんだけど」

「いや、それはええんですけど」

　右も左も迫力のある美形に囲まれ、おろおろとなっていた朱斗が思わず傍らの佐藤を振り仰げば、小市民を自認する彼は頭が痛いと言うようにこめかみを押さえて顔色を悪くしていた。

「あの……さとーくん？」

しかし、その怯（おび）えた朱斗にも取り合わず、うめくような声で佐藤は言葉を紡いだ。

「思いだした……秀島さん、って秀島慈英さんですよね。……五年まえの、イラストだかデザインだかのコンペで、最優秀賞とってますよね？」

「え、ああ……ずいぶんまえのこと知ってるんだね」

やっぱり、とがっくり広い肩を落とした佐藤に、朱斗はといえばまったく会話の意味が読めずに、右往左往と視線をうろつかせるばかり。

「なに？　なんやの？　コンパがどないしてん⁉」

「あははぁ、コンパじゃなくてコンペ。コンペティションの略、わかる？」

その朱斗の肩へ、まるでしなだれかかるように細い腕をかけたのは久遠だ。色っぽいその仕種（しぐさ）にも、やわらかそうな髪から香ったひどくいい香りにも朱斗がどきりとしていれば、潤んだような黒目がちの目がにっこりとあでやかに細められる。

「慈英くん、専攻が油だったくせにねー。デザイン科の教授にえらく気にいられて、一点でいいから制作出してくれってせがまれてたんだよね」

「いやあれは、バイトみたいなもので」

「そうそう、ポスター制作で、当時の教え子が見こみなくってー、ごり押しされたんだよねえ？」

にこにこと笑いながら、どうしてかその言葉に不穏なものが含まれている気がして朱斗がうろたえていれば、佐藤が「あれだ」とぼそりとつぶやく。

「そのコンペで、碧がはじめて次点になっちまったんだよ」

「ええ⁉」

当時まだ高校生だった碧ではあるが、その手の出展では優勝以外をとったことがなかった。それが、ほんの気まぐれのようにして、教授への義理だてで制作物をだした慈英にあっさり優勝をかすめ取られ、あげくそのイラストレーションはとある企業のＣＭ用にまで使われてしまったという。

「それでもって、相手が本来畑違いだったの知ったもんだから、あいつもう大暴れで」

遺憾なくそのやつあたりを向けられていた佐藤は鬱屈のあげくのようなため息をついた。

「あのわがまま王子には、ほんっとにもう俺は、まいる」

しかしまったくそれを知らなかった朱斗は、呆然と目も口もひらいたままでいるしかない。

「きみも大変だね」

「いえ……申し訳ないです。ほんとにもう、あいつ、どうしようもなくガキなんで」

なぜか慰め合っている佐藤と慈英をよそに、朱斗はぼんやりと思考に沈んでいた。

どうも慈英の名をだすたびに不機嫌になると思ってはいたが、そんな確執があるとは思わなかった。碧自身「理由はない」などと言っていたし、できるだけ慈英にはあの激しい青年の悪感情だけは見せないようにしようと、朱斗自身けっこう努力していたのに。

(知ってはったんや)

なんだか無駄骨を折っていたようで、それ以上に慈英に申し訳なくてがっくりきてしまう。

「それだけじゃあないらしいんだけど……どうも、彼にはきらわれててね、むかしから」

硬直しきっている朱斗から、貼りついていた久遠をそっと引きはがした慈英は、それもぜんぶ知っているよと告げるようにやわらかな表情を見せた。

「そ……そうですか」

ぜんぜん知らなかった、と青くなった朱斗に、気にしなくていいよと慈英はそっと笑いかけてくれる。

「まあそれに、最近風当たりが強いのは、たぶんべつの理由だから。彼もいつまでもむかしのことにこだわるようなタイプじゃ、ないでしょう」

「うう……でも、ほんま、すんません」

自分が謝る筋ではないのだがと思いつつ頭をさげると、いいから、と軽く肩をたたかれた。気づけば、場を騒がせた久遠はすでに照映に引きずられてどこかへ消えてしまった。佐藤はその場にいた誰かに話しかけられて、すこし離れた位置にたっている。

「きょうここに来るのも、反対された？　それとも」

ちらりと佐藤を眺め、ないしょかな、と笑った慈英に、ないしょにしましたと朱斗は肩をすくめた。

「気を遣わせて、却って悪かったね」

「いえっ、そないなことないですから！　おれ、嬉しかったし」

ぶんぶんと両手を振ってみせると、でも、と慈英はそっと声のトーンを落とす。

「弓削くんを怒らせたくは、ないんだろう？　俺に気を遣わなくて、いいから」

「う」

図星だったので押し黙れば、肩にふれた大きな手のひらがやわらかに、萎みそうな気持ちをなだめてくれる。

「好きなひとに不機嫌な顔をされるのは、いやだろうからね」

やさしい低い声の持ち主は、碧とこじれるたびに愚痴を聞かせてしまったときと同じトーンで、だからあまりこちらのことは気にしないでいいよと笑う。その声になんだかじんわり来てしまって、朱斗は黙ってうなだれた。

そして慈英の言うとおり、この場にいることが碧にばれれば、彼の怒りはひとかどのものではないだろうことも容易に想像がついて、怖くて震えあがりそうになってしまうのだ。

碧を好きでいるのと同じくらい、彼のことが怖くてしかたない。それならば言うままにしていればいいだろうけれど、碧の言いつけをいちいち聞いてしまえば、朱斗自身の人格さえなくなってしまいそうなのだ。

最近ではとくに、いつ飽きられるのかと怯えているから、片思いを抱えていたころよりよほど、神経が張りつめている。

けっきょく、慈英に頼ってしまうのもそれが一因であるのだろう。疲弊した朱斗には、わかりやすく細やかな言葉をくれる画家の存在はありがたかったし、なぜか彼には碧へ向けた感情も見透かされてしまっていたから、気が楽なのも実際なのだ。

（おれが、贅沢なんかなあ……？）

碧と共通の友人である佐藤には、距離が近すぎてこの手の相談事は打ちあけられない。自分よりもよほど碧とのつきあいの長い彼は偏見を持つことこそないはずだが、誠実で実直な性格をしている分だけ、身体だけオモチャにされているなどと言えばおそらく目を剝いてしまうだろう。

（おれが怒られる分には、ええんやけど）

そうなった場合に佐藤がどちらに怒りを向けるかといえば、それは碧に対してだとは予想がつくのだ。

もともとまじめな彼はむかしから、碧の身勝手さも諾々と言うことをきいてしまう朱斗の意志薄弱さも、同じ温度で平等に「よくない」ととがめている。

あの誠実な佐藤を、碧がどれほど口汚く罵っていても大事にしているのは知っている。

堅く結ばれた友情には妬けるものはあるが、碧の大事なものに朱斗がけちをつけるような真似はしたくないのだ。

「あまり、考えこまないように」

「はい」

黙ったままうつむいた朱斗の頭をぽんぽんと子どもにするようにたたいて、慈英はそっと声を落とす。

「それから……たまには自分の気持ちに素直になったほうがいいよ」

「そんなん、言われても、あかんです。怖いねんもん」

どうしたって怖くてなにも言えなくなるのにと目を潤ませれば、ふっと慈英は笑みの色を濃くした。

「――怖がられるのも、けっこう怖いもんだよ。本音を見せてもらえないのもね」

「え……？」

「俺が言えるのは、それくらいかな？」

そこまでを告げたところで、本日の主役はまたべつの方向から声をかけられてしまう。申し訳なさそうにしながら、「なにか食べて、落ちついてね」と告げた画家はその長い脚で朱斗のまえから去ってしまった。

「なんやねん、もお……秀島さんまでようわからんこと言う」

見放されてしまったようで途方にくれて、それでも慈英に頼りきるのも筋ではないと、朱斗が誰よりもわかっている。

だからけっきょくこの夜のことは、碧にはとにかくひた隠しにするしかないのだろう。ややあって戻ってきた佐藤にも、口止めをすれば彼もまた「わかっている」とうなずいた。

「なんか聞き覚えあると思った時点で思いだせばよかったんだよな……悪かったな、朱斗」

「や、さとーくんが謝ることやないし」

「いや、もうお互いばれないように気をつけようぜ」

そしてこうなったら学生にはまず手の届かない高級料理を堪能するが吉と、割り切りのはやい佐藤は次の皿に手を伸ばす。朱斗もそれに続きながら、しかし慈英の残した謎の言葉が喉奥に引っかかっていて、あまり食が進まなかった。

＊　＊　＊

レセプションを終え、さすがに二日続けては訪れることのできない朱斗はまだ公開まえの画廊内部を一通り見せてもらうことができた。うしろに続いた佐藤も感心することしきりで、彼も帰りには一冊画集を購入したいと告げれば、献本から一部どうぞと手渡され、ひたすら恐縮していた。

それなりに楽しかったね、などと口々に言いながら駅に向かい、路線の違う佐藤とはそこでわかれる。

（なんかちょっと疲れたなあ）

やはり大勢のひとが集う場所は、すこしばかり苦手なのかもしれない。とくにあの場は慈英のつきあいのある身内ばかりと聞いていたが、漏れ聞こえる会話を耳にするだけでも皆、けっこうなステイタスの持ち主ばかりで、佐藤のように気が利いた会話のできない朱斗はひたすら恐縮するばかりだった。

（でもみんな、ええひとやった）

それでも昨年のパーティーのような疎外感を味わうことがなかったのは、慈英の人柄によるものだろう。周りのひとたちも、慈英の知りあいというだけの朱斗をけっして侮ったりはせず、御崎という画廊経営者はなにが気にいったのか、若いからもっと食べなさいなどと言って手ずから料理をとってくれたりした。

最後には「おじいちゃん」などと呼びかけて周りのひとをあわてさせていたようだが、御崎がそう呼んでくれと言ったのだからまあいいだろう。

「うー……ついたあ」

すこしばかりアルコールをとったせいもあり、ふだんより数倍気の大きくなった朱斗はうつらうつらとしながらようやく、自宅の最寄り駅にたどりついた電車からおりる。

「明日は昼まで寝倒すかなあ」

連休をとっていてよかった、と心底思う。もう最終近い時間の駅は閑散としていて、ここからアパートまで歩けば二十分はかかってしまう。うん、と伸びをして構内を抜け、とおりにでた、そのときだ。

「……え？」

路肩に停められた見覚えのある車種の姿に、ぎくりと朱斗の足が止まった。このあたりの地味な住宅街には似つかわしくない高級車は、ふだん友人が乗り回しているものと同じで、しかしまさかと思っていればそのドアがひらかれる。

「おっせーんじゃねえ？」

「み……」

すらりと長い脚を覗かせた青年が不敵に笑ってこちらを見据える。夜の闇に溶けこみそうな黒いシャツにブラックジーンズは、街灯の明かりを受けてくっきりとあざやかな姿を浮きあがらせた。

「碧、な……なんで？　どないしたん？」

「なんでーは、こっちの台詞だろ」

うつくしい唇があでやかにほころんで、しかし朱斗はぞくっと背中を震わせる。細いフレームごしの目はけっして笑ってなどおらず、どころか憤りをたたえたままこちらを見据えていたからだ。

「たまには不意打ちで遊びにでも連れてってやろうかと思って電話すりゃ、留守電で。携帯はつながらないからしかたないしってんで佐藤の家に電話したんだけどな」

　淡々と紡がれる声はなんの感情も読みとらせないほど冷たい響きで、言葉を切った碧はそこで愛飲の煙草に火をつける。

「――そしたらなんだか、きょうは銀座の画廊でレセプションパーティーがあるから、夕飯はいらないってでていった、と。佐藤のお姉様が俺に教えてくれたわけ」

「うが」

　躾(しつけ)の厳しい佐藤家では、出さきの場所やその日の用事を家族に告げていくのが習慣だ。二十歳をすぎても仲良し家族であるそこは、その慣例をいまだに守っている。

（裏目にでた……っ）

　朱斗はきょうのこの日まで、「誰の」個展が開催されるのかを佐藤に告げていなかった。それはうっかりと佐藤の口から慈英の名が、碧へと伝わることを避けるつもりの配慮だったのだ。

　だが、むしろ知らせておけば、佐藤はけっしていきさきを碧へ教えないよう、家族へも根回しをしたことだろう。

「気にいらねえなあ、朱斗。秀島慈英の個展日程くらい、俺が知らないと思うわけ？」

「み、みど……」

「ま、見に行くなとは言わないけど？　……なんでいちいちそう、隠し事すんの」

それこそがいちばん気にいらないと、くわえ煙草のままの碧はすうっと目を細める。もういいわけもできないままに息を呑めば、「いつまで突ったってる」と命令口調で声が放たれた。

「乗れよ、車」

「な、なん、……いや、おれ、帰る」

「何度も言わせるな。――乗れ」

再度顎をしゃくられれば、もう終わりだ。抗うこともできず、真っ青な顔のまま朱斗がのろのろと車に近寄れば、内側から助手席のドアをあけた碧はその長い腕で朱斗を引きずりこみ、乱暴にドアを閉めてくる。

「や、なに、みど……っん！」

そのまま覆い被さられ、腕をひいたのと同じような強引さで唇を奪われる。激しく乱暴なそれに本気で怯えて肩をすくめると、舌打ちした碧はきつく上唇に噛みついてきた。

「痛……っ」

肉を食いちぎりそうなほどのそれに悲鳴をあげ、朱斗は反射的に目のまえの身体を押し返す。しかしそれは果たせずに、手首を捕らえられ、さらにきつい口づけが見舞われた。

「んーんっ、んんん……！」

含まされた舌から必死で逃げまどい、朱斗はいやいやとかぶりを振る。夜半とはいえここはまだ人通りの絶えない駅まえで、覗きこまれれば一発で見られてしまう車のなかだ。しかも朱斗の職場である、二十四時間営業のビデオショップは目と鼻のさきにある。

「やめ……やめて、かんにんして、碧……っ」

誰かに見とがめられてはたまったものではない。荒れた息の合間に弱くそれだけを告げれば、ふんと鼻を鳴らした碧はようやく身体を離してくれる。

しかし、それは口づけをほどいて朱斗を解放するためではなかった。

「なん、……なにすんねん、いややあっ」

「うるせえよ。外に聞こえるぞ」

いきなり下肢のジッパーをさげられ、愕然とする朱斗が抗うよりもさき、下着をもずらされてそこをあらわにされる。なにをする気だと焦っているうちに手早く指を動かされ、ゆるく性器をたちあがらされた。

「やだやだ言う割に、すぐこうだよなおまえ」

「そ、そん……こ、こすったら勃つん、あたりまえやんかあっ」

いかにも淫乱と決めつけられ、顔中を赤くしながら生理現象だと言い返せば、まあそれならそう思っていろと碧は不遜に言い放った。

「だったらこれから、自分がどういう人間か、教えてやる」

「え、な……なにしてんねや、ちょお……っ」

なにか奇妙な感触がふれた。ぬるっとした材質と鼻さきにかすめた匂いはゴムのようで、一瞬コンドームかと思ったけれどもそれにしてはひどく厚くきつい感じがする。

「なん……これ」

碧が覆い被さっているせいで腰のあたりはすっかり暗がりとなり、なにをされたのかもよくわからない。だが、自分のそれが「なにか」にぴたりと包みこまれたことだけはわかった。

「しまっていいぜ」

あげくには、もう用はないと告げるように碧はあっさり手を離し、なにがなんだかわからないと朱斗は目を丸くする。

「なんだよ、やっぱりここでやってほしいのか？」

「ちっ……違、そんなんちゃうわっ」

揶揄するように告げられ、大慌てで下着を引きあげる。謎のそれは気になったが、ただのゴムならばあとではずせばいいだろうと高をくくって、さきほど碧におろされたジッパーももとのとおりになおした。

「ど……どこ、行くん？」

「俺んち。……明日、おまえ休みなんだよな？」

「あ、うん」

衣服を正すと同時に碧の気配も、慣れたものへと戻った気がして、朱斗はほっと息をついた。

（この程度ですむ……んかなあ）

いやにあっさり手をひいた碧を訝りつつも、やはりここは往来であるから手かげんされたのかもしれないと考える。

（でも……あんとき）

真冬で、しかも誰がとおるかわからない公園の灌木に朱斗を押しつけ、強引に射精するまで手を止めることのなかった碧が、この程度で自分を解放するものだろうか。却って不安になりながら朱斗が助手席で身を硬くし、シートベルトを装着した次の瞬間だった。

「……あ？」

いささか乱暴に走り出した車のなか、振動を受ければびくりとその場所がひとりでに痺れていく。そしてあきらかにさきほどよりも硬度を増した性器がぬめったなにかにしめつけられた。

「な……なん……？」

どういうことだと思えば、運転はうまいはずの碧が走らせる車は、あえてひどく揺さぶられるように夜の道を進んでいく。がくん、がくんと上質なシートのスプリングが弾んで、そのたびそれがすべて性的な刺激になるのが信じられない。

「みどっ……なに、したん……!?」

「なにが?」

ちくちくとするようなむずがゆさが性器全体を包んでいた。それがあのぬめりを帯びたゴムのせいだということはあきらかで、次第にそれは熱を帯びてひどくなっていく。

「なに、塗ってたん……あれっ」

「なにって、べつに」

しれっとしたまま答えない碧の唇は、しかしおもしろそうにその両端をつりあげているまだ。次第に息苦しくさえなりながら、猛烈に掻きむしりたいような掻痒感が襲ってくる。

「身体に悪いもんじゃねえから安心しろよ」

「やっぱりなんか仕こんだんや……っ」

信じられない、と涙目になった朱斗が荒い息を吐きだしていれば、かゆいだろうとまるで歌うような声で碧は告げる。

「掻いてもいいぜ、朱斗」

「そん、そんなん……っ」

こんな場所を人まえでいじることができるものかと目を剝けば、いまさらだろうと言わんばかりの目で碧は視線を流してきた。淫らさを含んだそれにぞくりとなれば、正直な場所がまたひくりと反応し、朱斗はひっと息を吞む。

「なん、これ、なんやの……しまる……っ」

「ばーか」

まるで碧の指でぎゅうっと握りしめられたかのような感覚にも、そのじりじりするかゆさにも身悶えていれば、嘲笑うように碧は告げた。

「しまってんじゃねえよ、そのサイズがおまえのアレの、勃った時よりちょい小せえの」

「な、んっ、なんやそれえ⁉」

「だから、だして萎えない限りはずれない」

そんなものをどうして、と思いつつ、もういいかげん限界がきて、思わず服のうえから握りしめてしまう。じん、と走った感覚は、しかしさらにもどかしさを募らせただけだ。

厚手のラバー素材が、指の動きをその場所に伝えることを阻んでいる。それが衣服のうえからではなおさらで、どうすればいいのかと朱斗は目をみはった。

「言っただろ、ぜんぶ脱いでそこだして、掻けよ」

「そん……やや っ、こんな、とこ……っ」

「じゃねえとたぶん、治まんねえぞ、それ」

くすくすとおもしろそうに笑われて、こんなとんでもないことをどうしてそのきれいな顔で考えられるのかと、悪魔のようにうつくしい横顔を朱斗は睨みつけた。

辱めを受けて、いたたまれないとも思う。なぜ自分がこんな目に遭わされるのかと、そういう理不尽さもむろんあった。

しかし、もうその敏感な粘膜を犯したかゆみは、耐えられる限界をとうに超えて、がくがくと指さきは震え、身体中が痙攣（けいれん）をはじめてしまう。

「誰も見てねえよ」

「うそ、やん……うそやん……っ」

ダッシュボードに両手をついて息を荒げ、肩を上下させながら耐えていれば、不意打ちでやさしい声が耳をくすぐる。

「ほら、下だけだろ。脱いで、脚広げたって、見えやしない」

「うー……んっ」

信号待ちの間、ギアから離れた整った指がついと太腿をかすって、それだけでも脊髄（せきずい）に熱が走った。

「かゆいだろ、朱斗」

「かゆい……」

ゆっくりとジッパーをおろされれば、とたんその場所が跳ねあがる。薄暗い車内には、街灯から漏れてくる光が遮蔽物（しゃへいぶつ）の影を伴って不可思議な陰影を描いた。

「なん、これ……もお……っ」

黒くぬめぬめとしたものに包まれた、奇妙な物体がそこにある。猛烈なかゆさと事態の異常さに、なかば朦朧（もうろう）としながら朱斗は疼く指を伸ばした。

かゆくて、かゆくてたまらないそれを握りしめる。それだけでは足りずに爪をたて、がりがりと掻きむしればようやくそれが、内部にある薄い皮膚に伝わった。

「あっ……あっ、かゆい、あっ……いや、んっ」

「あーあ……なんだよ、つねったりして」

「や、やって、かゆいも……っひ、いっ！」

爪をたてるだけではすまされず、柔軟性のあるゴムのうえから肉をつまむようにしてひねってしまう。痛みは当然あったが、いっそここから切り落とすか千切ってほしいほどに、そのかゆみは耐え難いものだった。

「も、やや……もお、いや、やあっ！　これ、とって、とってやあ……‼」

泣きながらひたすらにそれをいじり、けれど次第に朱斗の手つきが無自覚なまま変化をはじめる。

痛痒感がおさまれば、それがそのまま快楽にすり替わるのはどうしようもない。結果、びっちりとしめつけられたそれを手ひどく刺激する朱斗の腰は淫靡に跳ねては揺れ踊り、自慰をしている以外のなにものでもない姿に成り果てた。

「あう、ん……いや、かゆい、ああ、……あか、あかん……っ」

「んだよ、気分出してんじゃん」

「んああ！」

不意打ちで伸ばされた長い指がつまんだのは、いつの間にかぴんと張りつめていた胸のうえだ。夏仕立てのシャツは薄くて、硬くたちあがったそれの陰影を淫らに描き出し、慣れた指は過(あやま)たずそのちいさな粒にふれてくる。

「こりこりさせて、なんだよ？　かゆいんじゃねえの？」

「ひっ、ひい、ん、っあ……あー……っあ！　あ！」

押しつぶすような愛撫(あいぶ)が痛いけれども心地よく、このまま達してしまいそうだと思う。しかし、きゅうきゅうにしめつけてくるラバーのせいで射精感が遠のき、朱斗は軽い落胆を味わった。

「な、んで……？　いかれへ、ん」

「根本までしめつけてっからだろ」

「そんなっ」

その身悶えするような感覚に泣きわめいていれば、そっけない横顔を見せた碧は乳首をいじっていた指までをもとりあげた。

「もうすぐつくなあ……おまえそれ、しまっとけよ」

「そん……っ」

「あれ、それともそんな格好で、マンションのエントランス通って、エレベーター乗れるわけ？　恥ずかしいやつだなあ」

「ひ、ど」

自分で追いつめておいてどういう言いぐさだと思ったが、最悪の場合本当にこのまま車外に引きずり出されかねないと朱斗は本能的に察する。

「う……っ、え、く、ひっく」

「なんで泣くんだよ」

子どものように大きくしゃくりあげ、がくがくと震えた指で衣服を正しながら、もうなにがなんだかわからない、と朱斗はかぶりを振った。

「っく、ひ……っ」

次の瞬間大きくハンドルを切った車が激しくかしいで、ぐんと背中にひっぱられるような体感にさえも朱斗は怯える。

けれどもそれは対向車のライトを映しだしたレンズの奥で、鋭く輝いた目よりはよほど、やさしい恐怖だったかもしれない。

＊　＊　＊

「あ、む……っ」

再三泣きついてようやく碧がテキストを閉じ、衣服を脱ぎ去ったときには朱斗にはもうまともな思考など残っていなかった。

「そう……奥までくわえろよ」

「んぶ、う、ふ……っ、んっ」

舐めろと言われて口をひらき、教えられたとおりのやりかたで碧の性器を唇に食(は)んで、すすりあげるような音をたてながら口淫を施すのも、そうしながら自分の指で痛いくらいに腫れあがった乳首をいじるのも、もうなんの抵抗感もない。

(いきたい)

指を含まされたままの身体の奥があま怠(だる)く、はやくここになにか、しっかりとしたものがほしいという、その欲求だけしか朱斗には残っていなかった。

「もっとちゃんと、吸いこめ」

「むー……っう、うっ、んぐっ」

炙(いぶ)られたような熱に、すでに性器の感覚はおかしくなりはじめていて、そこがもうかゆいのか痛いのか、心地よいのかもわからない。ただじんじんと熱を持って脈動する、その激しさだけが全身を包んでいる。

(いきたい、あれ、だしたい……っ)

そのためならもうなんでもすると、長い脚の間に額(ぬか)ずいて、干あがったような喉の奥をこすりあげる性器の感触に、吐き気と陶酔感を同時に味わった。

「んん、ん……っぷ、はあっ」

「顔あげとけよ」

ずるりと長いものが抜き取られていく。同時に最奥をかき回していた指も抜き取られ、喪失感に震える間もなくぐっと喉を押さえられた。

「けふっ……うっ」

息苦しさに咳きこんでいれば、メガネをはずしていっそう蠱惑的になった碧の美貌が妖しく微笑むまま朱斗を眺めている。

「おまえ、これが好きだろう?」

「ん、ん、……すき」

見つめられるだけでじんわりと身体中が潤むような、そんな目をしたまま碧は問いかけてきた。しかしその奥の冷たい炎がいまだに去らないと気づくから、こくこくと朱斗はうなずいてみせる。

「じゃあ、撫でてやるから」

「ん、撫で、て」

それ以上に、実際問われた彼の身体は、どこをふれてもふれられても朱斗をどろどろの官能へ突き落とすような造りをしていた。

朱斗の唾液と、それ以外のものにまみれた碧自身が頬にふれ、現実味のないほどにうつくしく整った碧の顔だちに、猛りきったそれは不似合いなような、だからこそ淫蕩な誘惑をまき散らすような気もする。

「ふあ……っ」

ちりっと熱く感じるほどのそれはやわらかい頬の肉をたわませて、唇をくすぐってくる。腫れあがったようなそこをこすられ、舌さきをだせばさらにそこにも押しつけられた。

「これで感じるのかよ……？」

あざけるように言った碧に、もう意地を張る気も起きないままうなずく。だったらと彼は微笑んだ。

「ここは？」

「ひぐっ……!!」

膝だちになった朱斗を自分の脚に摑まらせ、そそりたった先端の粘膜が胸のさきにふれる。

「あ……あ……ああ……!!」

ぬめぬめとにじんでくる体液を乳首になすするような動きに、朱斗はひらいたままの唇から喘ぐような嬌声と唾液をあふれさせ、震え、惑乱した頭を激しく振った。

「……っ、けっこいいな、これ」

「い、あ、……いやあ、……いややあ……!!」

ぐりぐりとさらに押しつけられ、そのあまりにも卑猥な愛撫にも光景にも、目のまえが赤く染まっていく。

「ゆ、……して、もお、かんにんしてえ……！」

ぜひゅ、と喉の奥が鳴って、すがりついた脚に爪を食いこませた。ぬちぬちとそこをなぶったものはそのまま朱斗の身体を中心から切り裂くようにして滑り降り、一度も放出できないままに痺れているそれへと近づいていく。

「苦しい？」

「……っ、う、……っ！」

がくがくとうなずいて近づいた碧にしがみつくと、なぜか愛おしげに髪を撫でられる。だがその指さきが髪を揺らしていくだけでも、朱斗にはひどいほどの快楽となって神経に突き刺さり、腰の奥を震わせてしまった。

「言うこときけばよかったのになあ？　……な、朱斗？」

「ひ……っ、ひ、っく」

もう言葉もないままにむせび泣きながら肩にすがれる。ようやく横たえられて脚をひらかされた。どこにも力がはいらないまま、ぬるりと進んでくるものを受け止め、哀れなまでに歪んだ顔を眺められながら揺さぶられる。

「あああ、あああ……っ！」

「いいんだろ……すげえしまる」

「も、……もお、おわ、ってえや……っ」

ひと突きごとに、身体がばらばらになりそうなほど感じた。射精して終わることができない分だけ、碧を含んだ場所は鋭敏になり、どうにか終わりを迎えようとその硬いものへとしゃぶりつく。

「くはっ、は、あ、は……っ」

もう嬌声さえも発することができないまま、ぐったりと四肢を投げ出した朱斗は碧のなすがままになる。繰り返される抽送もすでに皮膚感覚では受け止めきれず、ただ粘った官能のなかへと崩れ落ちた。

「あー……あ」

喉の奥から、惚(ほう)けたような力ない声だけが絶え間なくこぼれ、それでも高ぶっていく身体と心が完全に乖離(かいり)したような気分になる。いつものように、抱きしめられたときの高揚や飢餓感はなく、ただもうはやく終わってくれと祈るような、そんなセックスだった。

「ん……っ」

「ぐ、う」

肉を打ちつけるほどの音が響いて、腰の奥が火傷(やけど)したかのように熱くなる。次の瞬間、ようやく待ち望んだ解放が訪れたが、いつものような射精に伴う爽快感はなかった。

ただ、だらだらとあふれだしたものにつれて、ようやく朱斗を苛(さいな)み続けた圧迫感が薄れたことを知っただけだ。

「ああ……でたのか」

ゆるんだそれを碧の指がつまみ、ずるりと抜き取られればただ、虚しいような安堵だけがある。見開いたままの目で指一本動かせないまま、自分がひどく傷ついていることを朱斗は知った。

「うわ……なんだ、真っ赤だな」

すこし驚いたような碧の声があがって、しかしそれにも反応する気力がない。痛痒さを超えたそこは、正直いってただ熱っぽく腫れたような感覚があるだけで、朱斗にはもうなにもわからなかった。

「……おい、朱斗？」

けれど、なにも声を発しない朱斗に訝った碧の手が肩にかけられた瞬間、自分でもどこにそんな力があるのかと思うほどの激しさで、指さきを叩き落とす。

「いや」

「あ、き」

「さ、さわらんとって、……いや、いやや……っ‼」

碧の手のひらの形に、肌が粟だっていた。恐怖と不快感しかないその感触にすくみあがり、朱斗はただちいさく身体を丸める。

「そんなに怒ることないだろ」

ふてくされたような声をかけられ、怒っているのではないと朱斗はただかぶりを振る。

怒るとか、怒らないとか、もうこれはそういう問題ではないのだと、言葉も通じないだろう相手になにを言っても無駄な気さえした。

(なんでや……っ)

どうしてここまでひどいことをされなければいけないのか。淫らにすぎた行為そのものよりも、いくら訴えても許されなかったことが朱斗をずたずたにしていると、なぜわからないのだろう。

これがいつものように、からかいまじりの過激な遊びであればたぶん、自分は許せたのだ。けれど、朱斗を打ちのめすためだけに執拗に施されたことが、いまはただ哀しい。

(もう、あかん)

本当に、ただのオモチャにされた気分だ。子どもの残酷さで振りまわされて、腕がもげたら捨てられる、そんな、安っぽいただの暇つぶしのオモチャでしかない、そんな惨めさがこみあげてくる。

なぶられた身体には疲労感と虚しさだけがいっぱいに詰めこまれ、ひどく空虚な気分で発した声は、すでに感情さえなくしたような響きになる。

「もう……やめてや。……頼むから」

がくがくと、力のはいらない腕でどうにか身体を起こし、いっさい碧を見ないままに朱斗はベッドからおりようとした。

おそろしく手足が重く、おそらくはたちあがることも困難であろうけれど、それでもこの場所にいるよりはましだと思った。

「もう、おれは、帰る。……ここに、もう、いたない」

這ってでも、どんなことをしてでも。そう硬く誓って、実際に濡れそぼったシーツのうえを這いずりながら朱斗がうめくように告げれば、背後ではいらだったような気配が強くなった。

（もう、知らん）

すこしまえまでなら、とてもではないが逆らうことのできなかった碧の不機嫌で尖った気配を感じても、だからなんだという気持ちになった。

「どこ、いくんだよ」

けれど、耳に届いたのは予想したようなきつい声ではなく、どこか呆然としたような、途方にくれたような響きだった。

「帰る、言うたやろ。もう、二度とここには来いひん」

聞いたこともないようなそれにすこしだけ驚きながら、しかし言葉を返した自分の声のあまりの冷たさのほうがさらに意外だった。碧相手にここまで強くでたのははじめてで、やけくそになれば人間、どうにでもなるのだなと朱斗は嗤う。

のろのろと伸ばした震える手で、床に落ちたシャツを拾いあげようと屈みこんだ。しかしそのシャツの端を、長くすらりとした足さきが踏みつけている。

「どけや」

「いやだ」

「どけ言うてんねやろ！　あほが、どけ！」

まだめまいがするせいで、頭をあげられない。胸を喘がせながら言葉尻をきつくして、朱斗は強くそのシャツをひっぱった。

それでも力のはいらない腕では、碧の踏みにじった衣服を取り返すこともできない。絶望感さえ襲ってきて、朱斗はゆるくかぶりを振った。

「も、やや」

「――あ？」

言葉をひとつ発するだけでも喉がつらかった。叫び続けたせいなのだろう、ひりひりとした口腔には熱を持った痛みがある。

「もお、わからん……なん、なんで、なん？　なんでここまで、……するん？」

かたかたと小刻みに震えた肩を自分の手で抱きしめて、なにかから身を守ろうとするように縮こまりながら、朱斗はかすれきった声で叫んだ。

「もう、いやや、碧なんか好かん……っ！　だいきらいや、もう、おれにかまうな‼」

だいきらい、と泣き伏しながら、これもいつものように鼻で笑われるのだろうと朱斗は思った。

「もうええやろ、気ぃすんだやろ⁉　言うとおりならん、飽きたオモチャならもう、捨てればええやん‼」

胃の奥が煮えるようなあまりの激昂に、歯の奥ががちがちと鳴り響いた。碧相手に――というよりも、そもそも穏和な朱斗は他人に対してここまで激怒したのははじめてで、感情がすこしもセーブできない。

このままわめき続けていれば、自分も相手もぼろぼろになるような、おそろしい言葉を発してしまいそうだ。それとももうとっくに、手遅れかもしれない。

「ひっ……う、うえ……っ」

ぼろぼろの姿のまま、嗚咽だけがこぼれていく。目が溶けるのではないかというくらいに泣いて、頭が痛くなってきた。

目のまえが真っ暗でなにも見えないのは、目を閉じているせいだけではないだろう。絶望にふさがれて、もうなにも見たくないとそう思っているからだ。

碧だけをずっと、見てきた。長く抱えた初恋の相手に、どれほど意地悪をされてもつれなくされても、それでもずっと好きでいた。

報われないのも、自分が思うような形では愛されていないのもしかたない、碧だからとあきらめて、それでも本当はすこしくらい、好きになってもらえる日が来るのではないかと期待して。

「も……ゆるしてや、……もう」

六年、ただ見つめるだけの時間をすごして、思いがけず抱かれるようになってからは半年とすこし。長く抱え続けた分だけ執着も深かったけれど——こうなってしまえばやはり、ふれ得ないほうがきっとよかったのだと思えてしまう。

「……間違えた」

ぽつりとつぶやけばどっと疲労が募って、朱斗は投げやりに目元を覆った腕から力を抜く。

こんなみっともないさまを見せて、さぞ碧はあきれているのだろうと思っていた。いつものように、うざったいと切り捨てられるとばかり思っていて——しかし、涙に霞(かす)んだ視界に映った碧の表情は、むしろ朱斗よりも傷ついているように見えた。

「やっぱりそうかよ」

「なに?」

絞り出すような声は、まるで聞いたことがない響きだった。もう一ミリも動くことがないだろうと思っていた情動が、その声によってひくりと震えたのを朱斗は知る。

「いつ言い出すかと思ってたけどな。だからいやだったんだ、おまえが、あのひとに会うのは」

「みどり……?」

突然、わけのわからないことを言いはじめた碧がわからず、朱斗は赤く腫れた瞼を瞬かせる。しかし、自嘲するように嗤った碧の次の言葉には、もう使い果たしたと思いこんでいた怒りが胸を焼いた。

「おまえは俺のことなんか、べつに好きじゃねえだろ」

「なに、言うて……っ‼」

ここに来て、今度は朱斗の気持ちまでも否定するのかと思えば、怒りのあまり血の気がひく。

(そこまであほやったんか⁉)

小刻みに唇を震わせ拳を握りしめ、ふざけるなと罵ってやろうとした朱斗は、だが声を発することができなくなった。

目のまえで朱斗を見おろしていたはずの男が膝を折った。いっそ憎いと感じてさえもやはりうつくしいその指が、感情をこらえてわななく手の甲をひとつずつ包みこみ、どこか頼りない眼差しを向けてくる。

「な……なんや」

「朱斗、さあ」

いつでも余裕の表情だった彼が浮かべた、痛々しいまでに弱い視線に朱斗はうろたえる。このまま見つめられれば、けっきょくはまた許してしまうとおのれを戒め、顔をそらした。

「いつ気づいたの、間違いだったたって」

「え……？」

しかし、思ってもみないことを問われて思わず視線を戻せば、昏（くら）い目のまま微笑んでいる碧がいる。乱れたやわらかな髪の隙間、危うい深淵（しんえん）を見せつけるその漆黒の目は、見たこともないほど揺れていた。

「おまえは、俺が好きなんじゃなくて、才能のあるやつが好きなんだよな」

「なに、言うてっ」

「それで、自分にやさしくしてくれれば、誰だっていいんだろ」

朱斗の気持ちを軽んじ、まるで嘲笑うような言葉なのに、その声が傷つけているのはなぜか自分ではないと感じられたのは碧の伏せた瞼の震えからだ。

「おまえなんかちょろいんだよ。すぐに誰にでもなついて、好かれて、……かわいがられて」

「み、どり？」

「だからぜったい、やさしくなんかしてやんねえって思った」

その他大勢の、誰でもいい相手なんか、冗談じゃない。吐き捨てるように告げたそれは碧らしいプライドを覗かせたが、やはり覇気のないものだった。

「案の定――俺がぜったい、相手にしないからおまえ、ムキになって追っかけてきただろ？」

「な……」

次々に吐きだされるその力ない声は、朱斗にとってはまるで見当違いのものでしかない。なにかとんでもない掛け違いが起きているのを知らされて、それでも手の甲を包まれているだけの身体がぴくりとも動かせない。

「こっち向いてくれってずっと、そういう顔して見てて……でもおまえ、俺が本当におまえのほうなんか向いたら、満足しちまうじゃん」

「そ……な、こと、な」

喘ぐように声を絞り出し、ゆるゆるとかぶりを振った朱斗は、碧の歪んだ目の奥にまるで、すがるような色を見つける。

「そうやってずっと追いかけさせてきたのに。なんでおまえあん時、キスなんかしたんだよ」

わがままな暴君は、やつあたるかのようにそんなことを言って朱斗の唇をつまみあげる。

「あのまんまだったらぜったい、抱いたりしなかったし、おまえのこと振り向いてなんかやらなかったのに」

「み……」

「なんで俺のそういう気持ちとか、理性とか、ぶっちぎることとやっちゃうわけ。考えなしで、ほんとむかつく」

冷たく告げて嗤うその言葉は、朱斗にとってなにひとつ嬉しいものではない。そのくせに、しんと冷えていた心臓がさきほどから、ゆるやかな脈を送り出していく。

「だったら、縛りつけて言うことききかすしかねえじゃん。そのくせして、ちっとも俺の言うとおりにしねえし、会うなっていうのに秀島さんには会うし」

繰り言のように言いつのりながら、いらいらと唇を噛んだ碧の形よい歯を、そっと舐めてやりたいような衝動がこみあげ、朱斗はふるりと肩を震わせた。

「だ、だって……そんな、おれは、おれやし」

「そんなん許せるかよ！」

いけない、このままではまた取りこまれる。そう思ってどうにか、口をひらいたけれど、倍以上の声量で言葉を打ち消された。

「おまえは、ぜんぶ、ぜんぶ俺のだろ⁉　勝手なことしてんじゃねえよ‼」

「ひ……っ」

迫力のあるそれにびくりと肩をすくめれば、だが朱斗の手を握りしめた碧の指こそが震えている。それに気づいた瞬間、なぜか脳裏には慈英と、そして佐藤の声が蘇(よみがえ)った。

——怖がられるのも、けっこう怖いもんだよ。本音を見せてもらえないのもね。

——ほんとにもう、あいつ、どうしようもなくガキなんで。

意味のわからなかったそれらの言葉が、不意に実感として胸のなかに落ちてくる。

だが、朱斗がそれを噛みしめるより前に、痛いくらい力で抱き寄せられ、息が止まった。

「秀島さんには、もう会うな」

「み……」

「もうやめるとか、だいきらいとか、言うな。……それだけは、ぜったい許さねえ」

抱きつぶすような勢いのそれに、肺がきしむ。息苦しいだけの抱擁に涙がにじんで、それは生理的なものであったのだが、碧は自分こそが苦しそうに顔を歪めた。

「間違いだとか言うな。さっきのはぜんぶうそだって言え」

「碧」

言葉はどれも傲慢なもので、しかし響きだけはすがりつくように「言ってくれ」と訴える。ひどいことをして、さんざん振りまわして謝りもしないで、あげくにはこれかとあきれるような気分になりながら、しおれた広い肩に胸が痛くなる。

「なあ、なんでなん？」

もうなかば以上許してしまっている自分を知りながらも、これだけはと朱斗は口をひらいた。

「なんで、秀島さんのこと……そない、きらうん？　おれべつにあのひとのこと、そういう意味で好きなん、ちゃうよ……？」

許すにしてもそうでないにしても、これだけは聞かせてほしいと、はぐらかすことを許さない真摯な響きで問えば、肩に顔を埋めた碧はふてくされたような声をだした。

「そんなの、知ってる」

「じゃあ、なんで会うなとか言うん？　コンペで負けたから？」

そこまで聞いたのかと顔を歪めた碧に、さきほどとは反対に朱斗はじっと視線を向ける。

「けど、そういうんちゃうやろ？」

一度きりの敗北にいつまでもこだわるのは、いかにも碧らしくないと思った。ふつうでなくプライドの高いこの王子さまは、その負けに執着することこそが自分に許せないと、次を目指していく性格をしていることを、朱斗はよく知っている。

「碧？」

「言いたくない」

いまここでそれが通じるかと、いつになく強気に朱斗が声を低くすれば、うだうだと唸った碧がそのまま身体を倒してくる。

「ちょっ」

「……褒められたから」

まさかまたさっきのように、身体で誤魔化しでもする気かとあわてたが、胸元に顔を伏せたまま碧は動く気配がない。どうしたのだろうと思いながら手触りのいい髪を撫でれば、ごくちいさな声が聞こえた。

「褒められ……？　それが、なんで、あかんの？」

「むかつくんだよっ」

奥歯を噛みしめたままの碧の声は剣呑で、自分に向けられたのではないと思いつつも朱斗はびくりとする。肌の振動で感じたのか、そのすくんだ肩を両手に包んで、それでも顔をあげないままに碧はぼそぼそと言葉を続けた。

「コンペのときはそりゃ、くやしかったさ。それも手遊びみたいに専攻も違う相手に横から優勝かっさらわれて……でも、そのあとであのひとの絵を、見て」

なんだこれは、と、ただそのひとことしか発することのできなかった十代の自分に、碧は歯がみした。

「わけわかんねえ。なんでこんなのがいるんだって思って、俺がやってきたのなんかぜんぶ、あのひとのまえじゃ遊びみたいなもんだろうって」

「碧……？」

「それなのに、あいつ」

芸大に入学したばかりの年、ＯＢ主催での現役取り混ぜての集まりだったと碧は慈英との顔合わせを語った。そこでようやくはじめて会った、人生のなかでただひとり碧を打ちのめした男は、その作品からのほとばしるような熱情をすこしも感じさせない、穏和で静かな人物だった。

『はじめまして。いつも作品は拝見させていただいてます』

『それは、どうも』

引き合わせたのは、高校生の当時から碧の腕を買っていた広告代理店の人間だったようにも思う。社交辞令めいた会話が交わされたなかで、このさきの企画を彼に任せようと思うと滔々と語られ、身がすくむような思いをしながら碧は如才なくその場をやり過ごした。

ライバル心を持っていると、知られることさえも屈辱だと思った。そう感じながら、しかし一方ではどこかで、この天才画家にすこしでも意識されていればと、そんな期待もないわけではなかった。

碧自身、常にそうした視線にさらされてきた。羨望、嫉妬、そして負けまいとする矜持と、歪んだ好意の取り混ぜられたそれらを、涼やかに笑って躱すことは得意だった。

けれども、話せば話すほどに、どちらかといえば朴訥な慈英の掴み所のない空気は濃くなり、口数の少ない相手には気づけば自分の話をするばかりになっていた。

（なんだ……これ）

まるで虚栄心を剝き出しにしている、浅はかさにも羞恥と屈辱があった。しかし、それらのひとつひとつに感心したようにうなずいてみせる慈英の表情にも声にも、なにひとつうそが見えないからよけい、焦燥感は募り、あげくの果てに。

『若いのにきみはすごく、器用なんだね。そつもないし、見習うべきかな……俺はいろいろ、へただから』

照れた顔を向けられることに愕然とした碧に気づかず、慈英はその穏やかで端整な顔をほころばせる。

『――いっそ、うらやましいとさえ思うよ、きみが』

本心からとわかる声で告げられ、碧のプライドは砕け散ったのだ。


「浮世離れした天才なんか、いるわけないって俺はずっとそう思ってた。どうあったって、あんな狭い世界じゃ学閥と派閥と、人間関係で、ちょっと器用で金があれば、それでいいんだって」

「……碧」

そうして歯がみする彼こそが、本当はその才能を渇望し、信じていたのだろう。けれどもなにもかもが自分の手におさまっていくことに、どこかで白けた気持ちを生んだ。

「なのに、ばかばかしいくらいあのひとはそんなの、気にもしてねえんだよ……それで干されて、一時期はもう秀島はだめだなんて言われたくせに、けっきょくあの才能だけで戻ってきた」

本物がいると知ってしまえば、自分はいったい何なのだと、碧はらしくもなく自問する羽目になった。

「だったら、器用だってことになんの価値があるんだ？　俺はいつまで経ったって、あのひとに勝てるわけ……ないじゃないか」

疑うことを知らないまま、傲然と生きてきた碧にとってそれは、ひどい衝撃を与えるできごとであったのだろう。

「そんなの認めたくない。俺が器用なだけなんて、そんなの」

「碧、もう、……ええから」

うめくようなそれに朱斗のほうが苦しくなりながら、きれいな形の頭を抱える。

複雑な鬱屈は、けっきょくは朱斗には理解しきれるものではない。碧を追いかけて美大受験を目指しても、まったくそのセンスも才能もないまま敗退した、ごく凡庸な自分には、しのぎを削るあの世界のなかのことはなにひとつ、わかりはしないだろう。

だが、久遠の言葉をいまになって思いだせば、それも納得がいく気はするのだ。

――慈英くんこんな無害そうな顔して敵多いしさあ。

振り向いてもらえない、手の届かない相手につれなくされる、そのつらさだけは朱斗も知っている。冷たくされたり、蔑まれるほうがいっそましというのも、わからなくはない。

慈英の性格が温厚なのは、おそらくは生まれついてのものではあるのだろう。そしてその一定の温度こそが、他人を傷つけたりもするのだろう。欲した熱量を返されない、それはしかたないことではあるけれども、ままならなさにひとは憤り、身勝手に傷つくものであるから。

「けど、わかった。碧、秀島さんのこと、好きやねんな」

「ばか言ってんなっ‼　だいきらいだ‼」

好きの反対はきらいじゃなくて、無関心。そんな言葉をどこかで耳にしたことがある。そして実際碧が、好ましく思わない相手を本当に歯牙(しが)にもかけないタイプであることは、朱斗は熟知している。

ならばこのいま、癇癪(かんしゃく)を起こした碧はやはり、慈英の才能に憧(あこが)れ、焦がれてもいるのだろう。

かたくなにあげようとしなかった顔をばっとこちらに向け、睨んできたのがその証拠だ。

「きらいなやつには、洟(はな)も引っかけんて言うたの、碧やろ」

認めきれないであがく碧に、笑いを含んだ声でそっとそう指摘すれば、喉奥で唸ったまま押し黙った。その髪を梳(す)いてやりながら、朱斗は得心がいったと唇をひらく。

「でも……そやから、おれがあんひとと会うのも、いややってんな」

「なにがわかるんだよ」

わかるよ、と困った笑みを浮かべ、朱斗はため息をつく。どこかあきらめたような、そんな顔で。

「怒らんといてな。おれみたいのんが、秀島さんに相手されてんのんが、むかついたんやろ?」

けっきょくはそういうことなのだろう。自分のような凡庸な人間に、なぜ秀島が親しみをもって接してくれるのか朱斗自身よくわからないくらいなのだ。

たぶんそれに対して碧はくやしく——おそらく嫉妬めいた感情を持ったのだろうと、朱斗は思った。

「はあ? なんだ、それ」

「ええと、だから……おれなん、ほんまにただの、知り合いやよ? あんまり周りにおらんタイプやから、相手してもろてるだけやし」

だがうまく言い表せなかったのか、碧は怪訝な顔をする。どう言えばわかってくれるのかと考え考え、朱斗はその細い首をかしげた。

「でも、おれやらほんま、フツーでつまらんやん? 秀島さんの近くにおるのとか、分不相応ってことなん……、って」

手を伸ばそうとしても届かず、それどころか同じ線上にも並べないと歯がみした碧が、それをくやしがるのは理解できる——そう思って紡いだ言葉は、しかし不意に摑まれた手首の痛みに遮られる。

「な、なに……？　みど、り？」

「おまえ、やっぱり、ばかなんだろ」

あげくに一語一語区切るようにして唸った碧はひどく怒った顔をしていて、朱斗はなぜだと戸惑った。

「な、なん……いた、痛いて」

「うるせえよ、この、ばか。ひとの話なんっにも聞いてねえだろ」

「や、みど、碧……っ、う、ん⁉」

強く肩を押さえつけられ、唇をふさがれた。なにがなんだか、と思いながら目をみはっていれば、ふれあったままの唇で碧はうめくように告げる。

「逆だ、ばかっ！　たいがいでおまえは、自分のことわかっとけよ」

「ぎゃ、くて……あっ、ん……！」

言いざま、さらに深く唇を吸われて朱斗はじたばたともがいた。なぜ急に怒られたのか、それでどうして口づけられているのかさっぱりわからず、どうして、と訴えるのはふさがれた唇の代わりに視線だけだ。

「もういい。どうせおまえになに言っても通じねんだから」

「な……なんやねん、それ」

それはまったくこちらの台詞だと思いつつ、抱きしめてくる長い腕には抗えない。さきほどのように鳥肌をたてることもないまま、深くなる抱擁に肌が火照った。

「すこしはわかりやすく、してほしいか？」

「な、ん？」

もうすっかり冷えていた肩に口づけられ、ひくりとすくむのも怖いからではない。ちいさく灯（とも）ったのはあきらかに快楽のきざしで、もう完全にほだされている朱斗に、それでも碧はほんのすこし不安そうな目を向けた。

「なあ、さっきの。きらいだってのはうそだって、まだ言ってないだろ」

「や、でもそれは、……って、ちょ、どこさわ、さわって」

「言えよ、なあ」

手ひどくいじめたことを詫（わ）びるように、いままでになくやさしく脚の間をさわられて、まだひりついているというのに朱斗の声は濡れはじめる。

「そしたら、すこしはやさしく、するから」

「……っあ、……や」

愛撫以上に、その声にぞくぞくさせられて、本当だろうかと朱斗の心は揺れはじめる。

ここで流されてもけっきょくこのさき、碧は自分を振りまわすことをやめるような気がしない。

「な？　朱斗」

「な、やないって……あっ、そこだ、だめやってっ」

なぜなら、ゆるやかにくすぐるような手つきで熱くなりはじめたものをいじる目の奥、困惑した朱斗の表情を眺めるそれがどうにも楽しげに笑っていて、基本的に意地悪なのは変わることはないと知らせているからだ。

「言うだろ？」

傲慢なうつくしい笑顔で朱斗の陥落を信じきっているような言葉を吐いて、この王子さまには本当にどうしたものかとも思ってしまう。けれど、眉をよせた額に落とされた唇は、ほんのかすかに震えてもいる。

（あほや、もう）

内心つぶやいたのは、だだっ子のような碧に対してと、そんな碧に骨抜きになっている自分にとだ。あきらめともつかないため息を零して、朱斗はのろのろと腕をあげる。

「ん、も……ほ、んまに……？」

「ん？」

背中にそれを絡めた瞬間、碧の笑みがもうすこし深くなって、めったに見られないあまい表情にきゅんと胸が疼いた。

六年越しの気持ちを疑われて、それは非常に不愉快だけれど、さきほどのひどかった行為をしばらくは、許せそうにないのだけれど。

（もう、あかんわ）

大好きなきれいな顔に、こんな近くで目を覗きこまれて微笑みかけられて、けっきょくぐずぐずの朱斗の意地などあっという間に霧散する。

「ほんま、に、やさしゅう、す、るっ？」

「する。約束は破らないだろ、俺は」

それは実際そうなのだ。ただし非常に彼なりの解釈をくわえたうえでの遂行であるけれど。

「うそ、やよ……っ、あ、ん」

あきらめまじりにぽつりと告げれば、まるで褒めるように性器の先端を撫でられた。ひくっと息を呑んで、もうすこしどうにかしてほしいと腰を捩れば、じっと強い視線がなにかを待っている。

強引で傲慢で、きれいで冷たくて、わがままであまくて、――そして、どうしようもないあまったれの碧が、朱斗の言葉を待っている。

「ほんまに、もう」

なめらかな頬を両手に包んで、朱斗からそろりと唇をよせた。

「あんなあ？　おれ、才能のあるひとたしかに好きやけど。こんなん、碧しか、してほしいないよ？」

すぐに深くなる口づけの合間、ちいさな、碧にしか届かない声で、彼の不安を打ち消して

やる。

「それから、やさしいひとが、やさしいから好きなんちゃうくて、碧やから、そうしてほしいて、それは、知っといて……な？」

「……ん」

ぎゅっと抱きしめてきた碧は神妙な顔でうなずいて、朱斗の耳を啄（ついば）んでくる。びくりと震えて、広い背中を抱いた指にこもる力が、碧のしなやかな背筋に食いこんでいく。

「あ……それから、おれっ」

次第に声音も震え、言葉がままならなくなっていくのは、しつこいくらいに耳をかじった碧の指が濡れたままの身体の奥にふれたせいだ。

「おれ、も、欲張り……やから、みっ……あぁん」

「欲張りだから、なんだよ？」

そのままゆるゆると身体をつなげられて、あまりにもやさしい挿入に総毛だちながら朱斗は喘ぎまじりに言葉を紡いだ。

「碧、が、こっち向いてくれただけ、なら、ややん……っ、も、もっと、ぜ……ぜんぶ」

もっと、ぜんぶほしい。切れ切れのそれはいま、なかばほど含まされた熱いもののことなのか、碧自身のことであるのか、この状態では伝わるものだろうか。

「それ、どっちの意味？」

案の定含み笑った碧に問い返され、もどかしいような抽送に下腹部を痙攣させながら朱斗は目を閉じる。

「どっちも、これ、も、碧、……みどりぃ……ほかで、したらややぁ」

「してねえよ」

「うそやん。おれのほかも、いっぱ……いてるんやろ……？」

「いねえっつの」

否定されても信じきれず、ほろっとこぼれた本音と涙がすこしくやしい。もういちどばかと言われて、それでもその塩辛い雫を舐めた唇からの声はあまかった。

「なら、好きて、言うて」

「言ったろ、まえに」

「言うてへんもんっ。おれが訊いたん、違うて言わへんかっただけやん……あ、あっ」

奥までじんわりと犯され、ゆったりとまたひいていく合間に交わす会話は次第に方向性を見失いそうになる。朱斗ももう、こんな状態で言葉を発するのはつらくなってきていたけれど、きょうだけはと濡れた目をあわせてせがんだ。

「もう、うそでええねんから、たまには、言うてやっ！」

哀切な痛みのにじんだそれに、すこしだけ碧はたじろいだけれども、「おねだりのしかたが気にいらない」と言い捨て、目を眇めて腰を揺らした。

「あっ、ちょっ、いや！　気にいらんって、なにっ」

「そんな無駄な台詞、言うと思うかよ、俺が」

「無駄って、ひど……！　こっ、この、いけず！」

涙目になって叫んだ朱斗の頬を、碧はぐいとひっぱった。「痛い！」と叫んだ唇も長い指でつねり、苦々しげに吐き捨てる。

「いまの流れで言ったところで、あとから疑われるの確実だろうが」

ちいさな声で紡がれた言葉。それがどういう意味かと朱斗が問うよりはやく、ぐんっと彼は腰をまえに突きだし、理性も思考も粉々にした。

「あ！　いやっ、そこ突いたら、や……っ」

小刻みにこすりあげられるそこは朱斗がもっとも弱い部分で、はっと目をみはるまま腰をずらそうともがけば、うえから肩を押さえこまれてさらに抉（えぐ）るように動かれた。

「やあ……ん、いや、あか、あかん、ってっ、まだはな、話……っ」

「もう無理だろ、こう、なったら」

「んっ……あ、も、もお、そんな、激し、いっ」

ずるいとなじって爪をたてた背中に汗が浮いている。同じように、秀麗な碧の額にも薄くにじんだそれが、上気した肌を滑り落ちていくさまさえもきれいだと思った。

「じゃあ言ってもいいけど、もう、秀島さんと会わねえ？」

「それは、やや、んっ」

だがこんな小憎らしいことを告げる男は知らないと、ぷいと朱斗は顔をそらす。そのぶんだけまた責めるように腰を使われたけれども、もうお互い、なかば快楽を貪るいいわけに意地を張り合っているとわかっていた。

それでもやはり、燻っているものを誤魔化しきれない朱斗の目には、愉悦からにじんだものではない雫が揺れる。

「もお、なんで、そないいけずなん……っ」

「そういうの、じつは好きだろ」

「も……この、あほぉ……っ」

ぬけぬけと告げた碧の肩をひとつどついて、朱斗は艶めかしく蠢く腰に脚を絡みつけた。そうして力をこめた脹ら脛でさらに腰を引き寄せ、首筋にかじりつくように両腕をまわす。

「こんなあほに、めためたに惚れてんやから、疑いな……っ」

「……朱斗」

「ほんまに、好きなんやから、おれ、それしかないねんからな……！」

肩口に濡れた瞼を押しあてて、だからどうか信じてくれと、祈るように思う。

幼いまま出会って、もうずっと捕らわれてきた。それをただの憧れと同じに扱って、気持ちまでを否定しないでくれと、朱斗は息を震わせる。

「もう、オモチャでええから、たまには手いれして。そしたら……ええから」

捨てないで、としがみついた細い肩に、ため息が落ちる。あきれたのかとすこし怯えてさらに腕の力を強めれば、首筋にふれた唇はやはりやさしいままだった。

「言ったろ。かわいがってやるって」

「みどり……？」

「そう簡単に捨てられるもんなら、こんなに、しつこくしねえし」

言葉を切ってふれた唇は、吐息だけのささやきを朱斗の舌に含ませる。

「こんなにめちゃくちゃに泣かせたく、なんねえよ」

「あ……っ！」

矛盾した台詞を吐きだす唇はとろけそうに熱く、朱斗は胸の奥までが痺れていく。すこしくやしげな碧の見せた、自分への執着は思うよりもずっと根の深い強さを持っていると知れば、身体中がざわりと総毛立つほどの快感が訪れた。

「みど、……みど、り、……碧……っ」

もうなにも言葉が探せないまま、ただ名前を呼んですがりつく。肌が震えて止まらず、いっそ怖くなりながら腰をあわせて揺らし、濡れそぼった粘膜をこすりつけた。

「好き、すき……っ、あ、んっ、好き、やあ」

言葉にしない彼の代わりにひたむきに朱斗が告げるたび、ちいさな口づけが与えられる。

徐々にまた激しくなる律動に、うねるような官能は深まって、告白の代わりに意味をなさない喘ぎばかりがこぼれていく。

「も、あかん、あ……いく、い、く……っ」

「……っ」

ゆすりあげられ、身体の内側をさする動きはさきほどひどいまでに味わわされたそれよりもよほどゆるやかで、それなのに数倍は強い喜悦に震えが止まらない。

「いああ、あ、あ、……んん……っ‼」

「あき、と……っ」

目を、唇をあわせて到達する瞬間。

かすれて淫らな碧の声が紡いだ自分の名前は、どんな言葉よりも雄弁に朱斗へ向けられた情念を表し、青白い炎になって唇を焼く。

火傷をしそうなその熱に、いっそ焼き焦がされてしまいたいと願いながら、あまい失墜の時間を朱斗は迎えたのだ。

＊　＊　＊

「この間はまじごめん」

頭をさげながら両手をあわせた佐藤に、「かまわんよ」とひきつり笑う朱斗の頬はいささか色がない。というよりもはっきりと青ざめ、目のまえの友人の顔を見ることができないというほうが正しかった。

「まさか姉貴がぺろっとばらしちまうとは思わなかったから」

「や……それは、ええねんけど」

もぞもぞと居心地悪く脚を組み直した朱斗は、昼下がりの喫茶店でテーブルに頭をこすりつけんばかりにしている佐藤に対し、非常に気まずい思いをしていた。

この日はもう八月も終わりに近づく週末で、めずらしく土日連休をもらった朱斗は、先日から延々連絡をくれていた佐藤の呼びだしにようやく応じることができたのだ。

「おまけにそれでこの間の晩、邪魔したんだろ？　あいつ、ぶち切れてなかったか？」

「ええっと」

本当に悪かったな、と謝罪する佐藤の顔には、純粋な気遣いだけがにじんで、いたたまれないと朱斗はますますうつむいてしまう。

慈英の個展に赴いたことがばれたと、帰宅した佐藤も朱斗とほぼ同時に知った。それでどうにかフォローをしようと、碧に朱斗、両方の自宅と携帯へと電話をかけ続けたものの、いずれも留守電になったままでまったく無反応。

これはもうやばいことになってはいないかと青くなっていたが、どうしようもない事態にせめてあきらめるまいと連絡を取り続け、どうにか電話がつながったのが昨晩のことだ。

なにやら薬を施され、掻きむしったせいで赤く腫れた朱斗の性器は、翌日までひどく疼いた。じっとしていても痛みがつらく、それでいてじんじんとするそのつらさが、下手をすれば情欲を呼び起こすから困り果てて、碧の部屋でじっとうずくまりながら、朱斗は不平を訴えた。

「もうこんなん、ややからな……責任とってや！」

それは身じろぎをするのもつらい状態に、すこしは面倒をみろとの訴えであったのだが、一晩あけてすっかりいつもの調子を取り戻した碧は、卑猥に微笑んだ。

「ふーん。じゃあ、責任とってやるよ」

その笑みにいやな予感がしたものの、疲れきっていた身体は思うように動かせず、いったいなにをと戸惑う間に脚を広げられ、ひりひりとするそこをくわえられた。

「なにすんねんって、ちょ、やや、ややっても……っ」

「なにって、痛いとこは舐めてなおすのが定石だろ」

「や、も、もっと痛いなる……あ、あか、ん……っ」

ちゅるっと音をたてて、きれいな唇に含まれればたしかにそれは心地よかった。しかしもう、いいだけされてくたびれ果てた身体は休養を欲していて、もう堪忍と朱斗はべそべそ泣きじゃくった。

「もお……でるもんないて……っ」

「とか言いながら勃ってんじゃん」

しっとりした口腔にやわやわと刺激されれば、反射的にそれは硬くなる。だが鈍く痺れた性器からのもどかしいような快感に、いっそつらいと朱斗は哀願した。

「も、いかんて」

「きつい？」

力ない声にはさすがに碧も哀れに思ったのか、淫らな悪戯はほどなく終わる。だが半端に燻った身体を持て余し、けっきょく胸元に震える指ですがったのは朱斗のほうだった。

「碧……みどり、なあ……んん……っ」

いかせてくれるならうしろにして、やさしくして、とせがみながら、抱擁だけは本当にあまくやさしくなった碧の腕に身を委ねていれば、不意打ちで電話が鳴り響く。

「で、んわ……ええの？」

「留守電にしてたぜ？　なんで鳴るんだよ」

ベッドサイドにある子機からは、デジタルで耳障りな音程が繰り返されている。邪魔すんなよと不機嫌そうに舌打ちした碧が恥ずかしく、しかしもうぎりぎりまで高ぶりつながった身体をいまさらほどく気にもなれない。

「無視だ、無視」

「あ、そん、……ええ、の？」

揺れた身体の奥からちいさな水音がたって、朱斗もなかば溺(おぼ)れつつそう言ったのだが、いつまでも電話のベルは切れてくれそうにない。

「うっせえな……誰だよ⁉」

「ちょ……みどっ……んん⁉」

無粋なと癇癪(かんしゃく)を起こした碧はあろうことか、そのまま子機をひっつかみ、通話をオンにしてしまったのだ。

＊　＊　＊

「あいつ怒ると手がつけらんねえのは知ってたんだけどさ。悪かったなほんと」

「えー……とぉ……その、こっちこそ」

しみじみとつぶやかれ、朱斗はだらだらと冷や汗が流れるような気分になる。電話の相手が佐藤だと悟った碧は、あの晩の憤りを思いだしたのか絶対零度にまで凍った声音でひとしきり平身低頭の佐藤を罵り、しかしタチの悪いことに、朱斗を解放しようともしなかった。

電話をするならこっちをやめてくれと、声にださないまま何度も訴えたのに許されず、碧がわめくたびに伝わる振動で、朱斗はついに口をひらいてしまったのだ。

——も、あか、あかん、いく、碧、いくうう……っ‼

こらえにこらえていただけにけっこう大きな声がでてしまって、それは間違いなく受話器ごしに佐藤にも聞こえていただろう。

さすがの碧も目をみはったが、そのあとにやりと笑んだ彼は、そういうわけだから、と電話を切る際にひとこと、よけいなことを言ってくれた。

——イイ声聞けてよかったな、佐藤？

だがその声の冷たい響きのなかには、あきらかに朱斗の嬌声を他人に聞かれた憤りのほうが強く、そのあと堪(こら)え性がないとさんざんなじられるままにけっきょく、またもやいいようにされてしまった。

ちなみに朱斗の連休は本来、五日間の約束だった。それを一日、体調不良で超過する羽目になったのは、あのあとの碧の意地悪が原因だ。

だからたしかに、もとを正せば朱斗の疲労感は、目のまえの青年のせいではある。

——あるのだが。

「さとーくん、あのう」

それを表だって非難できるほどに恥知らずではない朱斗は、謝りたいと言われたときから胃が縮むような思いをしていた。相当に驚いたことだろうし、すこしはとがめられるかもしれないことを覚悟して臨んだ待ち合わせだったのだ。

それなのにあっさりふたりの関係を認め、あまつさえまったく動じていない佐藤に、これはいったいどういうことなのか、どうしても問いたい気持ちが募る。

「いつから、知っててん？」

「いつって、なにが？」

わかんないんだけど、と見つめ返す目の奥には偏見もなにもなく、ただあるがままを見つめる、いつもの佐藤の冷静な表情がある。

「あー、なんだ、おまえと碧がつきあってるってこと？　とっくに知ってたよ。くっつくまでずいぶん時間食ったなあとは思ったけど」

「つ、つきあ、っていうか、……ええ⁉」

あげく意外に過ぎる発言をされて目を剝けば、なにをそんなに驚くんだと、却って佐藤のほうが目を剝いた。

「あのさあ、おまえらけっこうっていうか、かなりわかりやすいよ？　言っておくけど。朱斗はもう、とくに感情丸出しだし、碧は碧で、おまえに近づいてくるやつ片っ端から自分で手ぇつけて、そのくせ放り投げて、二度とこっちに近寄らないようにしちまうし」

「は……はい⁉」

おかげで苦情はぜんぶ俺のところに来たと、うっそりため息をつく佐藤にもう、朱斗はただ口を開閉するだけだ。

「いいかげんそんなくらいなら手ぇつけりゃいいだろって言ったこともあったんだけどねえ。なんか朱斗ってその辺強引にすると逃げちまいそうな気でもしたのかね、なかなかはっきりさせる気なかったみたいで」

「えっと、えっと、えー……あの、さ、さとーくん」

「ん？　なに？」

「おれも碧も男やねんけど」

一応の確認をするように告げれば、「知ってるよ」とこれもあっさりうなずいて、佐藤は手つかずだったコーヒーをすすった。

「けどあの碧と十年つきあってりゃあ、その程度のことで驚いてらんねえだろ？」

「うー……」

その言い分は理解できるような、できないような。思っていたより数段懐の広かった友人に目をまわしていれば、なにを驚くのかわからない、と彼は首をひねった。

「つーかむしろ、碧が自分以外の誰かに執着したほうが俺、驚いた。あいつ、恋愛できたんだなあって」

「え？」

「あいつの天上天下唯我独尊っぷりってさあ、まじで昔っからなんだよね。俺とともだちやってんのも、俺が碧のことべつに好きじゃねえから気楽なんだとか、ぬけぬけ言うくらいだし」

生まれつきの美貌と才能で、周りじゅうが碧にいれあげているのがあたりまえの状態に辟易していた彼は、佐藤の幼いころからマイペースな性格が気にいっていたらしい。だがそれならば、佐藤曰く「あからさまな」自分はなぜ碧のメガネにかなったのかわからないぞと、朱斗は首をひねった。

だがその種明かしは、記憶力のいい友人があっさりと暴いてみせる。

「だっておまえ、最初のころ碧なんか、眼中になかったじゃんか」

「え、うそ⁉」

そんなことはないと否定しようとしたが、本当だよとおもしろそうに笑う佐藤の目に、たしかにうそは見当たらない。

「転校したばっかのころのこと、おまえ覚えてる？」

「や……あんまり、はっきりとは」

問われてみれば六年もまえの記憶は曖昧で、突然の父親の転勤、そして慣れない言葉の土地に戸惑って慌ただしかった当時のことを思いだせと言われてもよくわからない。

「うー……ごめん、わからん、かも」

眉をよせて唸った朱斗に、佐藤は喉奥で笑った。

「大抵の連中はさ、俺と碧がつるんでっと、ぜったい碧に目がいくわけ。でもって、あのころは俺が学級委員やらされてたろ。だから、最初におまえと話したの、俺だったのね」

「ああ、そういえば……あれ、さとーくんやったんか」

親切で背の高いクラスメイトに、あちこちと学校内を説明されたことはおぼろげに記憶にある。そう告げると、ほら覚えてない、と佐藤は笑った。

「ちっがうよ、あれが碧」

「は……ええ⁉」

「俺が案内することになったんだけど、別件で先生に呼ばれちゃって、碧にバトンタッチしたんだよ」

そのとき、うつむいているままの朱斗は校内を案内する相手の顔などろくに見ていなかった。

ただいきなり、生まれ育った街を離れ友人たちともばらばらになって、途方にくれた気分で哀しくなっていた。

――で、こっちが理科室で、こっちが体育館。

朱斗は当時から小柄で、声変わりもまだだった。けれど説明してくれる声はずいぶんもう低いものだし、長い脚を進める制服の後ろ姿は、まるで大人のように背が高かったことを思いだす。

「けどなに話しかけても生返事、顔はぜったいあげやしねえし、怯えたみたいにおどおどして、なんだこいつはって碧、えらく怒ってさ」

丁寧ではあるが、聞き慣れない標準語の響きはひどく冷たく感じて、すこし怖いと思っていたことも同時に思いだし、朱斗は大きな目を丸くする。

「いらいらしてるからよけい、朱斗はびびっちゃっててさ。様子見てた先生が、あれじゃだめだってんでもう一回俺に交代したら、ようやく顔あげて、なんかほっとした顔したんだよ」

「あ」

それが結果的に、まるっきり碧を無視したことになったのだと佐藤は苦笑した。

「あいつさあ、家も家だしあの顔だろ、そういうの本気で慣れてないみたいなんだよなあ。傲慢こいてんじゃねえよって言ったんだけど」

それ以来、ことあるごとに朱斗にちょっかいをだして、あげくにはちびだの小学生だのつついて、ムキになった朱斗が怒りながら泣きだすまでそれが続いたのだと佐藤は笑う。

「もうさあ、まるっきり小学生の好きな子いじめで、俺まじであきれたもん。そんでやってるほうもやられてるほうもまったくわかってねえし……けど一応、成功したのかな、あれは」

——なんでそない、いじめるん?

べそをかいて碧を睨んだ朱斗のまえで、見たこともないほどに嬉しそうに、彼は笑った。あざやかに輝くようなその顔を見て、いまのいままで泣いていたくせに朱斗はまるで惚けたようにその笑顔に魅入られていた。

「それ……って」

自分が覚えている、『はじめて』見つけた碧は、いま佐藤が告げたようにはなやいだ笑顔でいた。

そのときの表情があまりにも鮮明で、それ以前のことはすべて忘れていたということかと、朱斗は愕然と目をみはったままでいる。

「そっからさきは、いまと大差ないかな。碧はおまえのことつつき回して、おまえはおまえでべそかきかき、碧のこと追っかけ回して」

まあだから、いまさらの話なんだよと悪戯っぽく笑う佐藤の声も、もうまともに聞こえていない。

——俺がぜったい、相手にしないからおまえ、ムキになって追っかけてきただろ？

苦いものを嚙みしめたような声で告げた碧の言葉の、本当の意味を知ってしまえば、なんだかもういてもたってもいられない気分がこみあげてくる。

「ま、そんなわけで、情緒未発達男のことは、多少勘弁してやんな」

「ごめん、さとーくん、あの」

ゆっくりと話している気分ではなくなって、そわそわと腰を浮かせた朱斗に、佐藤はなにもかもわかっているというような表情であっさりと告げた。

「碧なら、もうすぐ来るよ」

「え、な、……なんで⁉」

「だって、俺とふたりで会うの当面禁止とか言いやがったもん、あいつ。だからあとすこしで迎えに来るんじゃ、……あ」

やっぱりね、とあきれた顔をした佐藤は、入口付近を見やってにやにやと笑う。そちら側に背を向けた朱斗には、訪れた誰かの姿を見ることはかなわなかった。

けれど、カウベルが軽い音をたててドアがひらかれたと同時に、一斉に店内の視線がそちらを向いたことで、朱斗の椅子の背もたれに長い指をかけたのが誰なのかを知る。

「クソ暑いっつーのにわざわざ、呼びだしてんじゃねえよ」

いささかたてつけの悪いドアはまだ隙間がひらいていて、そこから吹きこむ真夏の熱気が背中に伝わる。だが、頬が熱いのはその熱風のせいばかりではないと、うつむいた朱斗は背中を硬くした。

「俺は呼んでねえじゃん。勝手に来たんだろうが」

「場所まで指定しといて、なにが勝手だよ」

軽口をたたき合う悪友同士の会話も、ろくに耳にはいらない。四人がけのテーブルで、空いていた通路側の椅子に長い脚を折って腰かけた彼の長い腕が、まるで朱斗の肩を抱くように椅子の背にかかっていることばかりが気になってしかたない。

「おまえなに、顔赤くしてんの」

「みど……」

思いがけず佐藤に教えられた過去の事実は、長いこと信じきれずにいた碧の気持ちを、もはや疑いようのないものだと裏づけるものだった。

おずおずと顔をあげ、こちらを見つめている涼しげな目を見つめ返す。その表情は、朱斗が焦がれ続けようやく近頃頻繁に見られるようになった、あまくやさしいもので。

「……おい？」

嬉しいのになぜだか、ほろりとちいさな雫がこぼれて、碧はあわてた表情をする。

「な、なんだよ、どうかしたのか⁉」

「ううん」

いつでも、泣かせたいだの なんだのと言っていじめるくせに、不意打ちのそれにはひどく焦ったらしい。その表情がおかしくて、ちいさく笑ってしまえばすぐに、涙は引っこんだ。

「ごみ、はいっただけ」

「なんだよ。びびらすな」

焦った自分が不愉快なのだろう。むっすりと顔を歪めて碧は舌打ちし、脚を組み直してそっぽを向く。

そんな親友の姿を眺めた佐藤はひとつ笑って、朱斗に視線だけで訴えてくる。

(だから、わかりやすいって言ったろう?)

にやっと唇を引きあげた佐藤一朗は、じつのところこの面子のなかでもっとも食えない男であるのかもしれない。

凡庸と平穏と、一般的な自分を愛する彼のひとの悪い笑みにそう感じながら、傍らの碧がむくれる様子がたまらずに、朱斗もまたちいさく吹き出したのだった。

アイネクライネ

　弓削碧のどこが好きなのかと問われたら、たぶんあのひんやりとした目だと思う。

　睫毛が長くけぶっていて、黒目勝ちで切れ長で、自分と違うくっきりした二重の瞼もあでやかだ。

　近眼はさほどでもないが、乱視がいささか強いという碧は、自宅にいるときはあまりメガネをかけていない。おかげで美麗な顔をしっかり見ることができるのは幸せだ。

　なにかに集中しているとき、かすかに目を眇めるくせがある。眉間に皺をよせ、長いひとさし指を高い鼻に軽くふれさせながら、中指で軽く唇をはじく。そんなささやかな挙措ですら、絵になる男だ。

　十代のころには、もっと中性的であまい印象があったけれど、すくすくと背が伸び、骨格が育ち筋肉がついて、別種のうつくしさが生まれてきたように思う。

「なに見てんの」

「えっ」

　ここは碧がひとりで暮らす、マンションの自室。机に向かっていた碧に、いっさい目を向けられないまま問われ、志水朱斗はどきっとなった。

「おまえの視線、うざい。集中してんだから、邪魔すんな」

「え、あ、ご、ごめん？」

えへ、ととりつくろうような笑みを浮かべてみたところで、碧はこちらを見てすらいない。うつくしく鋭い目で睨（にら）んでいるのは、彼が手ずからカスタマイズしたハイスペックマシン。モニタに映っているのは、その持ち主が手がけたデザインのサムネイル一覧だ。

「えと、それ、課題なん？」

「俺が自分でやってるサイト」

「え、まえから自分のサイト持ってたやん。なんでいちから作ってんの？」

「デザインリニューアルしたいんだよ。もう古いし」

休日の朝っぱらからずっとパソコンに貼りついて作成しているのは、数年まえから運営している碧の作品を紹介するポートフォリオサイトだそうだ。そしてこれ自体が、もはやひとつの作品なのだと碧はいう。

「サイト通じてプレゼンしてるようなもんだから、手ぇ抜けないだろ」

「ほえ」

彼の専攻は視覚伝達、いわゆるグラフィックデザインだ。ひと昔まえなら提出する課題や作品は平面構成やイラストレーションなど『紙もの』がメインで、ポートフォリオもアルバムやファイル形式が主だった。むろんそれはいまも、就職活動などで必要とされるけれど、

ＣＧ作品などが主流となりはじめた現在では、課題提出もネットを通じておこなうことが多いため、ＷＥＢデザインの知識も必須のようだ。

おまけに多様なＳＮＳがネットに広まっている現状、いわゆる『ホームページ』だけでは話にならない。ブログにフェイスブックにツイッター、その他専門系ＳＮＳにも連動させるためのプラグインなども必要だ。そのうえで自分のセンスを押しだし、画面をうつくしく、かつ機能的に作りあげる。

（なんか、おれよりすごいことやっとんなあ）

一応は情報処理系の専門学校でＷＥＢデザインの実習も受けている朱斗だけれど、画面を見ても彼が打ちこんでいるスクリプト言語がさっぱりわからない。

もともとの頭のできが違うのだ。私立大学附属で、中学から高校までは進級試験を受ければエスカレーター式に進める学校だったため、どうにか高校までは同じところに所属できたけれども、碧はトップ中のトップ、こちらは高校進学時にも「無理せず外部受けるか？」と担任から同情まじりにほのめかされたぎりぎりレベル。

いまさら自分を情けなく思っても詮無いけれど、マルチになんでもできる男を見ていると、ため息がでる。

それは、プライドをへこまされたりコンプレックスを刺激されるだけの理由ではない。

「えと、邪魔なら帰る……けど」

ほったらかしの状態にされているのは退屈だし、制作など、作業中の碧はぴりぴりしているので、神経も疲れる。だが、朱斗がおずおずと声をかけても返事はない。

聞こえていないのか無視されたのか。両方かも、と思いつつため息をついて、朱斗はやりかけだったポータブルゲーム機を見る。節電のため、すぐに電源オフモードにはいってしまった真っ黒い画面を見ながら、ごく小声で「おかしいな」とつぶやいた。

（えーっと、おれ、碧と相思相愛になったん、ちゃうかったっけ）

土曜日の午後から「うちにこい」と呼びだされて、家につくなりなんだか不機嫌な顔をした碧に押し倒された。いきなりすぎると泣きながら数時間かけてぐにゃぐにゃのとろとろにされ、インターバルでごはんを食べて、ちょっと寝て回復してまたセックス。もう勘弁、と泣いても離してもらえず、腰が抜けるまでやりまくられた。

朦朧としながら眠りにつき、朝の光で目が覚めると、碧はもうパソコンに向かっていた。いまいち動きの鈍い朱斗に、買い置きのパンとコーヒーという朝食は用意してくれたけれど、そのあとはほとんど会話もない。

この展開は予測はしていたから、暇つぶしにオモチャを持参したわけなのだが。再度電源をいれたゲーム機をいじりながら、朱斗は唇を嚙む。

いまやっているのはひたすら塊を転がして大きくするだけのゲームだ。一応、作業中の碧に気を遣って音はミュートにしているため、いまいち気分も盛りあがらない。

碧は作品を作るとき、音楽を聴かない。どうせ流していても、集中すれば聞こえないそうだ。そのくせ、朱斗がこの手のもので遊んでいると「ぴこぴこうるさい」と文句を言う。

（そ……相思相愛、の、はず？）

脳内のつぶやきに、はてなマークがついた。でも、だって、とあの日の記憶を再生し、朱斗は眉をぎゅっとよせる。

（んんん⁉）

秀島慈英（ひでしまじえい）——朱斗の尊敬する天才画家に対しての嫉妬（しっと）を丸出しにし、そして「おまえは才能があれば誰でもいいんだろう」と、理不尽極まりない言葉を吐き捨てた夜。

ひどいことばかりして、ひどいことばかり言うのに、どこかあまえるように抱きしめてきた彼が、かわいいとはじめて思った。

あの瞬間、たしかに気持ちが通じあったと、思っていたのだが。

——好きて、言うて……うそでええねんから、たまには、言うてやっ！

——そんな無駄な台詞（せりふ）、言うと思うかよ、俺が。

朱斗が口走った前提条件、その流れで言ってもうそだったのかと疑われる、だったら言わない。その言葉から「好きの気持ちがうそではない」と解釈した。

その後、共通の友人である佐藤一朗（さとういちろう）の過去についての証言などもあったし、なにより碧がべったりの独占欲を見せてくれていたから、考えずにすんでいたのだ。

けれど記憶のすみずみまで掘り起こしてみるに、大事な言葉が、確実に足りない。

（あれっ、ちょっと待って？　肝心なことってやっぱり、言われてへんのとちゃう？）

背中にすうっと冷たい汗が流れた気がした。

画面のなかで、ころんころんと塊が転がる。ひとやモノ、車やビルを巻きこんでどんどん大きく膨れていく。そして朱斗の心のなかで、不満が膨れあがる。まるでこのゲームのように、些細な事柄と言葉を拾いあげて呑みこんで、むくむくと不安が育っていく。

このまま黙っていたら破裂しそうで、朱斗は顔をあげた。

「なあ、あの、碧？」

「……」

できるだけ機嫌を損ねないよう、愛想よく声をかけた。返ってくるのは拒絶の気配とため息のみ。でもここで負けてなるかと、コントローラーをいじりながら朱斗は口をひらく。

「あんな、質問が、あんねんけど」

またもや無言。めげない、と顔をひきつらせながら、振り向かない背中に直球を投げた。

「碧って、おれのこと好き？」

問いかけるたび、本当に心臓がどきどきする。期待もあるけれど、大半は怖くてだ。そして声を発したとたん、骨格のきれいな背中からぶわっとたちのぼった不機嫌なオーラに朱斗は心底震えた。泣きそうになるのをぐっとこらえ、もう一声かける。

「おれたちって、その、つきおうてるんよな?」

「うぜえからこれ食ってろ」

「痛い!」

言葉と同時に投げつけられたのは、碧が作業中によく嚙んでいる、タブレットガムのミニボトル。大ぶりサイズのそれが額にあたって、けっこうなダメージを受けた。

「なんでガム!? 質問したやんか、なあって」

ぐりんと椅子をまわした碧は、眇めた目でこちらを威圧してきた。血が凍るほど怖い。

「俺は言ったよな」

「な、なにを」

「さっき、作業中だから、邪魔するなって、おまえに、ちゃんと、言ったよな?」

ゆっくりと文節を区切って言った碧は、そのあと極上の顔でにっこりと笑った。朱斗は反射的にこくこくとうなずき、床にへたりこんだままあとじさる。

「ひまでしょうがないってんなら、またオーダーメイドの――」

「オモチャは自分で持ってます! 静かにおとなしくしてます!」

ひきつり笑ったまま携帯ゲーム機を掲げた朱斗に、「わかればいい」とうなずいて彼は作業に戻った。ほっと息をついたものの、なぜこうまで下手にでなければならないのか、と理不尽な思いを嚙みしめ、朱斗はふたたびゲームをはじめる。

もう何度もやりこんだそれに新鮮さもおもしろみもなく、ただひたすらレベルをあげていくだけの作業と化していた。

（帰りたい）

一応はつきあっている相手にこれだけ放置され冷たくされて、こっそり抜けだしてしまっても、誰も文句など言わない状況だと思う。だが、碧を相手にした場合はべつだ。勝手に帰ろうとすれば「なにやってんだ」と冷たい声が飛んでくるのは経験上知っている。

さんざん自分の都合でひっぱりまわしては翻弄し、そのくせ朱斗がしょげかえるまでほったらかし。でも、こちらが違うなにかに夢中になると機嫌が悪い。

碧はむかしから、わがままな王子さまだった。

――情緒未発達男のことは、多少勘弁してやんな。

同年代としては、破格に懐深い佐藤はそう言って笑った。あの言葉に、おめでたい朱斗は舞いあがっていたけれど、よくよく考えればそれはあくまで佐藤の目を通した、彼なりの見解でしかないのだ。

（さとーくん。おれほんまに自信ないよ）

この場にいない頼れる友人に、内心こっそりと愚痴を言って、彼が言うところの『転校したばかりのころ』に思いを馳せる。

きらきらして、きれいで、意地悪な碧をはじめて好きだと思った、あの日。

それは、ちっともやさしくない、冷たい顔で笑う彼をはじめて見た日でもあった。

朱斗が父親の仕事の都合で、関西から東京の中学に転校することになったのは十四歳のときのことだった。

私立の中学校は大阪で通っていたのとずいぶん雰囲気が違った。みなすました顔をしているし、質のいい布地でできたブレザーにネクタイの制服も、すごく上等な雰囲気がある。

（おれ、なんか場違いやん……？）

転校までに新しい制服を新調できなかったため、身につけて一年半、それなりにくたびれた学生服は浮いていた。それもなじめない一因だったと朱斗はひっそりため息をついた。

とはいえ、制服ができたところで浮いているのにかわりはない。

この私立聖上学院大学（しりつせいじょうがくいんだいがく）附属学校は、五年ほどまえに校舎を建て直されたばかりで、同じ敷地内に中等部と高等部がある。職員室や生徒指導室、購買部に学生食堂、視聴覚室や体育館などの特別施設を共有しており、それぞれ三階建ての校舎が二棟ずつ。

行き来するには校舎どうしをつなぐ渡り廊下を利用するのだが、やたら数が多いうえ、どこもここも似たような造りでややこしい。

「なんでこの学校、こんな広いねん」

大学は都内に数カ所キャンパスがわかれており、幼稚園、小学校はまたさらにべつの場所にあるそうだ。

大阪でも一応、私立の中学校に通ってはいたし、そちらがこの学校と提携しているとかで編入はスムーズだったようだけれど、姉妹校とはいえあらゆる意味でのレベル、クラスの違いに圧倒されていた。

大阪の学校は市内のまん中にあり、一学年五組までと生徒数もかなり少なめだった。だが全国的に有名なこの聖上学院大学附属学校は、少子化のご時世に十組もある。遠方から進学してくる生徒たちは専用の寮――といってもかなりの豪華マンション――に住んでいたりするのだ。

「ここ、どこ？」

途方にくれて朱斗はつぶやく。広い学校のなかではよく迷った。基本的に方向音痴の朱斗は、道の途中で一度、店にはいると、そこからでたときにどちらが進行方向だったのかわからなくなるタイプだ。

そのため、移動教室などの際には、ぞろぞろと連れだって歩くクラスメイトたちにまぎれていないと、高確率で迷子になった。

（きょうは、ちょっとタイミング悪かったしな）

次の授業は美術室でおこなわれる。あまり得手ではない絵画の授業だ。必須なのは鉛筆と絵の具。美大出身だという教科担任は、デッサンをするのにシャープペンシルでは許さないという主義で、生徒全員に硬軟数種類の鉛筆を用意させていた。

むろん、朱斗は新しく購入したそれを、ケースにいれて持ってきたつもりだった。

だが、さきほどの休み時間、準備のために机の横にかけておいたサブバッグの中身を見たとき、肝心の鉛筆をいれたケースがなかったことに気がついた。昨晩ちゃんとたしかめたはずなのに……と肩を落としたけれど、自分がぼうっとしていて間抜けなのは認めている。

しかたなく、一度購買にいって鉛筆と絵の具を買うしかないと教室をでたのだが、まずそこで迷った。うろうろするうちに、もう休み時間も残り少なくなっている。

「ほんと、あほやんなあ、おれ」

最近増えたひとりごとに、じわっとした哀しさがにじみ出した。

いまの自分には、たかが鉛筆一本貸してくれと頼む相手もいないのだ。東京弁もまだ耳になじまず、戸惑っているおかげで会話もうまくできない。

地元にいるころには、引っ込み思案なほうではなかった。どちらかといえば仲間と騒ぐのが好きで、ジョークをいったり、対戦ゲームやスポーツをして遊んだり、毎日とても忙しかった。

でもいまは、朱斗のくだらない話に笑ってくれる相手はいない。対戦ゲームも、通信型の名前も顔も知らない相手と、部屋に引きこもってやるのが関の山。休み時間のスポーツは、誰も誘ってなどくれない。

　ちょっとだけ鼻がつんとする。風邪ひいたかな、と思いながらとぼとぼと廊下を歩いていると、背後からいきなり肩をたたかれた。

　びくっとして振り返ると、朱斗がのけぞるほどに背が高い男——少年、とはいえない顔つきの人物が、そこにいた。ハンサムな顔で笑ってはいるが、だらしなく着崩している制服がちょっと不良っぽくて、怖い。

「おまえ中等部のやつだろ。どこいく気？」

「え……どこ、て」

「このまま渡り廊下進むと、高等部だぞ」

　言われて、はたと気づく。彼は朱斗と同じ制服を来ているが、ネクタイの柄が違った。高等部の、しかも上級生だろう。「えっえっ」とあわてながら周囲を見まわすと、いつの間にか見当違いの場所にいたらしく、さあっと青ざめた。

「こ、ここ、購買ってどこですか？」

「そのイントネーションって……あ、転校生か。間違えたんだな。購買部に向かう廊下は、一本さき」

「わあ、ありがとおございます！」

親切なひとだ。ほっとして笑みを浮かべた朱斗は、急いで頭をさげ、まわれ右しようとした。だがその肩を摑(つか)んだ上級生は、なぜか離してくれない。

「……あの？」

「ただで道案内ってわけには、いかねえだろ」

にやにや笑っている相手に、朱斗は眉をひそめた。

「ただとか言われても、おれ、お金とか持ってないですよ」

「購買いくのに、持ってないことねえじゃん」

高校生の大きな手が、朱斗の薄い肩に食いこんだ。ぎちりと骨がきしむのがわかり、朱斗の額に痛みと困惑の汗が浮いた。

親切な相手だと思ったのに、カツアゲか。考えてみれば、すでに授業開始のチャイムは鳴っている。まともな生徒なら、こんな場所をうろついているわけがない。

「い、痛いことされてもほんとに、鉛筆買うぶんしかっ」

もがいたとたん、今度は襟首(えりくび)を摑まれた。朱斗はこの当時ひどく小柄で、平均的な同世代の身長より低く、一六〇センチもなかった。対して相手は一八〇センチを越える、大柄なタイプだ。ぐいとひっぱりあげられると、つまさきだつくらいに身体(からだ)が浮き、首が絞まった。

「うそつくなよ。あ？」

「ほんまやって！　おれ、そんなっ」

「ざけんな。この学校の生徒で小遣いろくに持ってねえとか、ねえだろ。だせよ」

母が気をつけてアイロンをかけてくれているシャツとネクタイが、乱暴な手のせいで皺になった。いやな目つきでじっとりと睨まれ、むかむかと胃の奥が熱くなってくる。

ぼっちゃん学校に通っているからといって、誰も彼もがお金持ちなわけがない。父親は一応、栄転ではあるけれども、そこまで余裕のある家庭ではないのだ。それでも、右も左もわからない土地で、評判のいい学校に通わせてやりたいからと、ちょっと無理をして学費を工面してくれた両親のことを朱斗はよく知っている。

だから、言えなかった。考えないようにしていた。

どう考えても故意に、移動教室のときにクラスメイトたちに置き去りにされていることとか、忘れたはずのない鉛筆のケースが、午前の休み時間、トイレにいっている間に紛失したことだとか。

豪華な学生食堂にはいかず、ひとり教室で母の手製の弁当を食べていたら、転校してきてから数回、ぶつかったふりで床にぶちまけられたこととか――もしかしたらいじめられているかもしれない、だとか。

理由はよく、わからない。気にかけてくれるのは委員長の佐藤くらいで、けれど彼は部活に委員会にと忙しく、毎日いっしょにいてくれるわけでもないし、陰湿ないじめのことなど、ろくに親しくもない相手に打ちあけられるわけもない。

（泣かんぞ、これくらいで）

いじめには証拠がなくて対抗できなくても、向かってくる暴力はわかりやすい。涙目になりつつも、ぎっと朱斗は相手を睨んだ。

「……ない、言うてる」

「あ？　聞こえねえよ」

「金やら、ない言うてんねん、ダボ！」

わめいて、闇雲に手足をばたつかせた。声はうわずり、ちっともかっこよくなんかない。

相手はげらげらと笑いだした。

「なにそれ、抵抗のつもり？　かーっこいー」

「うっさいわ！　手ぇ離せ！　ジブンかてこの学校きとって、金持ちのくせにタカんな！」

ぶんぶん振りまわしていた拳が、偶然にも相手の顎にあたった。「あ」と朱斗は間抜けな声をあげたが、上級生はかっとなったように朱斗を摑んだ手に力をこめる。

「ざけんな、クソガキ！」

怒声が響いたあと、どんっと廊下の壁に叩きつけられる。後頭部がまともにせり出した柱にぶつかり、きんっと金属的な痛みを鼻に感じた。そのまま何度も前後に揺さぶられ、頭がぐらぐらする。

「やめっ……」

「舐めてんのか、あ？　つぶすぞてめえっ」

がん、がん、と何度もうしろに叩きつけられる。頭が痛い。だんだん、視界が暗くなってきて、涙がでる。

（いやや、もう。なんでこんな目に遭うてんの）

くやしい。力がなくて、地方出身で、金がなくて。それでこんな目に遭うんだろうか。相手はまだなにかわめきながら、拳を振りあげた。朱斗にはもう、言っている言葉の意味もわからない。大きな手だ、殴られたら死ぬかもしれない。そんなことを思いながらも、もう痛くてつらくて目があけていられなかった。

痛む頭とぶれる視界がつらくて、瞼を閉じた、そのときだ。

「――なにしてるんですか？」

ひんやりした声が聞こえたかと思うと、朱斗を摑んでいた手がゆるんだ。ずるっと滑り落ちた身体が、しっかりした腕に支えられる。

「志水、大丈夫か？」

「え……？　あ、さとー、くん？」

くらくらするのをこらえながら目をあけると、親切な委員長が身体を起こしてくれた。

「たてるか？」

「あ、えと、うん」

どういうことだろう、と目をしばたたかせていると、「いてえっ」という声がする。

霞む目でその声のほうを見やると、朱斗に絡んでいた不良よりは幾分背の低い、けれど学年でもずば抜けて背の高い少年が、上級生の手首を摑んでうしろにひねりあげていた。

「授業中に堂々カツアゲとか、頭悪いっすね」

「んだよっ……てめえ、なんだっ」

「なんだ、じゃないだろ。あんたこそなんなんだ」

不愉快そうに顔を歪めた彼は、腕をさらにぐいと動かした。ほっそりとして見えるのに、彼の力は相当強いらしく、不良から悲鳴があがる。背中でねじった腕は見ているだけでも痛そうで、朱斗はかすかに怯え、身をすくめた。

その青ざめた顔をちらりと一瞥した彼は、剣呑に眉をよせ、ちいさく舌打ちする。

「佐藤。先生呼べ」

「はいはい」

おっとりした風情なのに、暴力的な場面にも動じることはなく、佐藤は携帯をとりだした。

「あ、先生ですか？　志水見つけました。迷子になってるとこ、高等部のひとに絡まれてたみたいで――」

「てめ、なにちくってんだよ！」

がなった上級生に朱斗は「ひっ」と縮こまる。だが佐藤はのほほんとした表情で、ふらふらする朱斗を壁にもたれかけさせると、もがく相手に近づき、背後で腕をしめあげている生徒をちらりと見た。

「田倉克良」

ひややかな顔をした彼がつぶやくと、佐藤は「だそうです」と電話に向かって告げる。ぎょっとしたのは上級生だった。

「なっ、なんで、俺の名前」

「この学校の生徒のデータベースくらい、頭にはいってるんで」

とんでもないことをさらっと言った彼は、「一分弱で先生くるな」といいながら電話を切った佐藤にうなずいてみせる。

（なに、これ）

展開がよくわからずに、朱斗は戸惑う。やわらかそうな、すこしくせのある髪。そして芸能人かモデルかと思うくらいにきれいな顔には、見覚えがあった。

長い睫毛に赤い唇。顔だけ見れば中性的な印象さえあって、けれど変声期を迎えたハスキーな声と高い背が、彼をけっして少女には見せない。

「弓削碧……？」

「なんでフルネームだよ」

おかしそうに言ったのは佐藤だ。どちらも朱斗と同じクラスで、佐藤と碧は親友同士だと聞いている。

ふだん、佐藤に声をかけづらかった理由のひとつが、この碧の存在だった。容姿も派手で成績優秀、芸術系についてはとくに抜群にできがよく、音楽でも美術でも学校外のコンクールでいくつも賞をとっている。学校の先生も、高等部の生徒たちも一目置いている存在だ。そんなふうに目だつ彼と、親切さと善良さが顔ににじんでいるような好青年タイプの佐藤の取り合わせはすこしふしぎなようでいて、しっくりなじんでいた。

幼なじみらしくいつもいっしょにいて、独特の雰囲気があるふたりの間には誰もはいりこめない空気があった。

なにより――朱斗はどうも、碧にきらわれているような気がするのだ。

いつでも、ちょっとクールで、でもはなやかに微笑(ほほえ)んでいる彼が、朱斗を見た瞬間だけ軽く顔をしかめる。そして、ふいっと目をそらす。

なにかしちゃったのかな、といつもしょんぼりした。ろくにしゃべったこともない相手にきらわれてしまうなどということは、朱斗の人生において起きたことがない。

(でも、なんでこんなとこにおるん?)

さきほどの会話の断片で、どうやら自分を探していたらしいことはわかったが、理由がわからない。

だがそれを追及するよりはやく、佐藤の言葉どおり走ってきた教師ふたりによって上級生は捕まえられた。さすがに教師相手に乱暴するには分が悪いと思ったのか、予想よりもおとなしく腕を摑まれている。

「志水なんですけど、どうも暴力受けてたみたいで。頭打ってるようだから、保健室に連れてったほうがいいと思うんですけど」

てきぱきと説明する碧は先生からの信頼も厚いらしく、「そうしてあげなさい」とあっさりうなずかれ、三人はその場に取り残された。

ぶすっとした顔で連れられていく上級生を見送り、ほっとしたとたんめまいがした。倒れかかったところを、長い腕で支えられる。「ありがとお」と、反射で微笑みかけた相手は、佐藤ではなく碧だった。

「頭、痛いのか」

「あ、ちょっと……でも、平気。たすけてくれて、ありがと」

「べつにいい」

ふ、と碧はごくわずかに唇をほころばせる。そのとたん、朱斗は全身にぶわっと鳥肌がたった。

はじめて碧と目があった。そして無視もされず、笑いかけてくれた。それだけで、なぜこんなに嬉しいのかわからず、うろたえるままにきょろきょろと顔を動かす。そして、穏やかそうな佐藤を見つけて思わずほっと息をつき、碧の手から離れた。

そのとたん、むっとしたように顔をしかめた碧には気づくことなく、安心感のある彼へと話しかける。

「あの、さとーくん。なんで、ここ……？」

「これ」

答えたのは佐藤ではなく、碧のほうだった。手にしているのは、朱斗がなくしたと思っていた鉛筆ケース。

「あ、えっ。おれの？　なんで？」

「教室の、ロッカーの横に……落ちてたんだよ」

言いづらそうに声を低くした碧の言葉で、朱斗は顔を曇らせる。教室の後部にある掃除用具いれのロッカー、その横にあるのはごみ箱だ。まだ新しかったケースは、なんとなく薄汚れている。

「……拾ってくれたんか、ありがと」

ぎこちなく言って、朱斗はさらに碧と距離をとった。いじめられっこである自分が情けなく、それを碧に知られたのが屈辱でもあったからだ。

(こういうやつは、いじめでいやな思いとかしたこと、ないんやろな)

うらやましく、そんなことを考える自分の卑屈さもくやしい。

うつむいてぎゅっとケースを握る朱斗に、碧はすこしだけ戸惑ったような顔をした。微妙

な空気の流れるふたりを見かねたように口を挟んできたのは佐藤だ。

「とにかく、保健室いこうか。頭打ってるし、一応休んだほうがいい。病院も、できれば」

「そんなん、そこまでおおげさにせんでいいよ」

「おおげさじゃねえだろ。ふらふらしてるくせに」

あきれたように言った碧にかちんときて「べつに、ふらふらとかっ……！」と声をあげる。

だがとたんめまいがして、また倒れかかった。

「言わんこっちゃない。いくぞ。佐藤、こいつ保健室連れてって、できれば病院手配」

「了解。じゃ志水、いこうか」

「あ、あ、おれひとりで」

「遠慮しないで。心配だしさ。いっしょにいこう？」

やさしく言われて気がゆるみ、ぽろっと涙がでてしまった。あわてて手の甲でごしごし拭っているると、その表情を碧がじっと見つめているのに気づく。

「えと、あの。……たすけてくれて、ありがとお」

涙を見られた恥ずかしさに照れ笑いしながら鼻をすすると、「さっきも礼は聞いた」と碧は顔を歪める。やっぱりきらわれているのだろうかと落ちこみかける朱斗と碧を、佐藤はおもしろそうな顔で見比べていた。

「佐藤、うるさい」

「なんも言ってないっしょ。で、俺は志水連れてくけど、碧はどうすんの」

「……話、終わってないからな」

ふん、とばかりに顔をそむけ、碧は歩いていってしまう。まだ成長期だというのにとんでもなく長い脚の歩みははやく、あっという間に見えなくなった。

「素直じゃねえなあ」

にやにやする佐藤の言葉の意味がわからず、朱斗は首をかしげる。「なんでもないよ」と笑った彼は、まるで年下の子を相手にするように、大きな身体を曲げて話しかけてくる。

「さて。歩けるか？　しんどいならおんぶしていく？」

「え、や、へいき」

虚勢をはって朱斗はかぶりを振る。そのとたんくらっとしたせいでよろけると、肘（ひじ）を摑んだ佐藤が「ほらあ」と笑った。

「無理すんなって。つらいなら頼れよ」

「う、うん」

ほら、と背中を向けられて、おずおずと朱斗は腕を肩にかける。軽々と持ちあげられ、驚くと同時にちょっと楽しかった。

「さとーくん、かっこええね」

「はは、褒めてもなんもでないよ」

おんぶしたまますたすたと歩く佐藤の横顔をうしろから覗きこみながら、「本当なのに」と朱斗は思った。

碧の強烈な美貌に目をくらまされ、目だたないタイプに思えていたが、よくよく見ると、佐藤もけっこうな男前だ。身長も、さきほどの上級生とさほど変わらないくらいにある。まだ成長期だからアンバランスなところもあるけれども、きっと大人になったらかっこいいタイプだろう。

(それに、やさしいし)

同い年の少年を背負ってもびくともしないあたり、頼りがいもある。

「佐藤くん、なんかおんぶ慣れてる?」

「ああ、俺んち、まだちっさい弟いるんだ。しょっちゅうおんぶしてやってる」

志水も大差ない、などと言われ、弟はいくつなのだと言えば、まだ幼稚園児だそうだ。

「おれそこまでちっさないよ!」

「同じ、同じ」

けらけらと笑う佐藤はいつもほがらかで、終始怒っていた顔の碧とは大違いだ。さきほど見たひややかな目や、容赦なく上級生をしめあげた態度にびくっとすると、つまらなそうに舌打ちしていた。

「弓削って、なんか怖いな」

ぽつりとつぶやいたあと、心の奥がずんと重くなった。たすけてもらったくせにこれでは悪口のようだと内心焦っていると、佐藤は「うーん」と苦笑いする。

「そう言わないでやってよ。あれでも罪悪感あるみたいで、いろいろきょうは、がんばったんだからさ。さっき機嫌悪かったのも、おまえにじゃなくて、その余波だしさ」

「罪悪感……？　いろいろて、なに？」

「おまえいじめてた連中、しめあげたの、あいつ」

ぎょっとして朱斗が身じろぐと、抱え直すように佐藤は背中をゆすりあげる。

「気づかれてないと思ってただろ」

「……うん」

「ごめんな。まえからどうも、やられてんなってわかってたんだ。でも俺らがへたに手出しすると、逆にエスカレートするかもって思って」

それはそのとおりかもしれないからと、朱斗は申し訳ないと言う佐藤にフォローをいれた。

「おれが自分で、どないかせな、あかんかってん。佐藤くんらが気にすることないし」

「うん、まあでも、俺はともかく碧は、原因のひとつ作っちゃってたから」

その言葉に、やっぱりか、と朱斗は思う。だからさきほど、感謝はしているけれど、同時に複雑にもなったのだ。

正直いって、朱斗へのいじめがエスカレートした理由のひとつは、碧の冷たい態度のせいもあるのではないかと、うっすら思っていた。

クラスどころか、学校中でも人気者の碧が『わざわざ無視する』転校生。むろん、碧がなにを言っただとか、いじめを煽動しているわけではないのは知っている。だが王者である彼が朱斗を無視したことで、スクールカーストに則って動く生徒たちからは、いじめてもいい対象だと認識されてしまったのは事実だろう。

とはいえ、そもそもの、碧から無視される理由そのものがよく、わからない。

最初のころは、できのいいやつは朱斗のような平々凡々な者を相手にしないものだと思っていた。そのうち、自分以外にはそれなりに愛想よくする彼に気づいて、ひっそり落ちこんでいたのだ。

「おれ、弓削になんかしたんかなあ」

しょんぼりつぶやくと、佐藤が声もなく笑うのが背中の振動で伝わってくる。

「気にしなくていいよ、気まぐれなやつだから。ちょっと拗ねてただけで」

「拗ね……?」

あの大人っぽい碧とその言葉が結びつかず、朱斗はきょとんと目をまるくする。

「こっちの話。とにかく碧には、おまえのこといじめさせるつもりも、なんもなかったんだ。けど、ほっといたらどんどんエスカレートしだしてさ……きょうの移動教室、わざとはぶられたのと、ケース捨てられたので、さすがにあいつキレたみたいで」

碧が濁した言葉を、佐藤はずばりと言った。「やっぱ捨てられとったんよな」と朱斗がつぶやく。彼はうなずいた。

「おまえが教室でてったあとで、わざわざ捨ててる現場押さえたんだ。で、なに考えてんだっつって、つめたーいひとことで全員凍りつかせてた」

「そんなん、せんでも」

碧はみんなの憧れだ。その相手に怒られたりしたら、行き場のない感情の矛さきはまた朱斗に向かいはしないだろうか。想像して暗くなっていると「だいじょうぶだから」と佐藤は言った。

「碧が言えば、みんな聞くから。今後は志水、俺らといっしょにいればいいよ」

「ええの？」

「いんじゃねえの、ともだちになればさ。いっしょにいてもおかしいことないだろ」

「おれ、ともだちにしてくれんの？」

「てか、碧がそう決めたからなあ」

くっくっとおかしそうに佐藤は笑う。意味がわからず、朱斗はきょとんとなった。

「なにがおかしいん？」

「うん、まあ、いろいろね」

ふふふと笑っている佐藤は、なにか朱斗の知らないことを知っているらしい。

よくわからないまま、保健室へ運ばれる途中、おんぶの心地よさに朱斗は眠くなってきた。

そしてうつらうつらする間にベッドへ寝かされ、すとんと眠りに落ちる。

眠りを貪(むさぼ)る間に、誰かの声が聞こえた。

「寝るか、ふつう」

「まあそう言うなよ、疲れてたんだろ。気もはってたみたいだしさ」

「小学生みてえな顔してんな」

「かわいいよな、志水」

そう言って、佐藤がまた、笑う。相手は答えることもなく、ただ朱斗は髪をさらりと撫(な)でられるのに気がついた。

びっくりするほど繊細でやさしい手つき。気持ちよくて、くふんと無意識に笑うと、その指が止まった。

「おお。笑うとすっげえかわいくなんのな、こいつ」

「……」

手の持ち主が、いらっとしたように朱斗の髪をくちゃくちゃにする。佐藤のため息が聞こえた。

「なんか俺さあ、おまえ、このさき苦労するんじゃないかって気がしてきた」

「うっせえ、黙れ」

朱斗の前髪をひとふさつまんだ指が、くるりと指にそれを巻いたあと、つんつんとひっぱって遊んでいる。

どっちの手なのか。そしてこの手はなんだろう。

思いながら、朱斗はふたたび、どっぷりと眠りに引きずりこまれていった。

その後、佐藤と碧のふたりにかまいつけられるようになった朱斗は、転校してからこっち悩まされていたいじめを受けることはなくなった。

むろん、それなりにごたつきもした。

碧を好きらしい同級生の女の子にいやみを言われたりとか、絡んできたあの上級生に変な意味で目をつけられそうになったりとか。

平穏で平凡だったかつての中学生活はもう戻ってくることはなく、はなやかで意地悪な碧と、穏やかでやさしいようでいて、案外腹の読めない佐藤とに囲まれ、あれこれとトラブルに巻きこまれ。

そのたび、ふと気づけばたすけてくれるのは碧だったけれど、誰より率先して朱斗をいじめていたのもまた、碧だった。

＊　＊　＊

ゲーム画面が節電モードにはいって消えているのにも気づかず、ぼんやりと物思いにふけっていた朱斗は、突然の声と腰にまわった手に驚いた。

「終わったぞ」

「ふえっ？」

ひょいと身体を抱えあげられ、頬にちゅっと唇をふれさせられた。めずらしくもあまいことをされて真っ赤になっていると、そのままベッドへ連れていかれる。

「ちょ、ちょっちょっ、なに？　なんなん⁉」

じたばたしても「おとなしくしろ」と言われ、抱き枕よろしく腕のなかに転がされた。すがるように摑んでいたゲーム機もとりあげられ、腕枕の状態で朱斗は固まる。

（もう、ほんとわからん）

思い出のなかと同じくメガネをはずした碧の美貌が至近距離にある。

あのころも本当にきれいな顔だと思ったけれど、年齢を重ねるごとに男らしさもくわわり、魅力もまた増している。

裸眼だとちょっと潤んだような黒目勝ちの目に見つめられ、朱斗は逃げだしたい気持ちになった。

「あんま、見んとって」

「なんで。おまえは見るくせに」

「おれの顔とか眺めてもつまらんやろ」

欠点が見つけられないほどの顔をした碧と比べ、朱斗はごくふつうの――というよりどちらかと言えば、地味な顔だちだ。同じ地味系でも佐藤のように男らしいかっこよさもないし、身長もごく平均的、薄っぺらい身体はおよそ「いい」とは言いがたい。

「俺が好きで見てんだから、邪魔すんな」

こういう「好き」はぺろっと口にするくせに、と恨みがましく思いながら、うつむこうとした顔を長い指に捕まえられ、強引にあげさせせられた。

「なんで赤いの」

「知っとるくせに」

「知らねえよ。なあ、なんで赤いんだ、朱斗？」

にやにや笑いながら顔を近づけられ、腹がたった。きれいな顔に手のひらを押しつけてぐいぐい押しやったのに、窪んだ部分をべろりと舐められて焦ったのは朱斗のほうだ。

「も、もうせえへんよ？」

「なんで」

「な、なんでって……朝までしとったやん！」

「朝は朝だろ。おまえは俺と違って、遊んでただけだし。休む時間はたっぷりあったろ」

逃げるよりはやく身体を捕まえられ、ぎゅうぎゅうに抱きしめられてしまった。

ほっそりして見えるのに、碧は鍛えてもいるらしく、厚みのある胸に抱かれていると、本当に頼りない体型が情けないとも思う。けれど同時に、碧の腕にすっぽり包んでもらえるこのサイズでよかったと、ちょっとだけ女の子みたいなことも考えてしまう。

「いやや……疲れたし」

「俺がいれるのは、一回だけにしてやったろ」

「い、一回て！　ほかにいろいろしたやん！　な、なんか変なの使って……っ」

「でも痛くしてねえよな？　よかったろ」

耳をかじられながら言われて、うそもつけずに黙りこむ。

無駄に器用な碧の最近のブームは、お手製のオモチャで朱斗をいたぶることだ。挿入そのものよりも好きなのではなかろうかと思うくらい、延々とそれでいじり倒され、きのう使われたのは彼のペニスそっくりの碧くん二号（命名朱斗）だった。

大きさはそっくりだが柔軟性のある素材でできていたので、さほど痛くもなかったけれど、なんだかぬるぬるぐにゃぐにゃしてとらえどころがなくて、変に乱れた。

「でも、あれ、好かん」

「俺がいい？」

これまた違うと言うのはうそになるので、首筋まで赤くなった朱斗はうつむいた。その前髪を碧の指が巻き取り、くいくいとひっぱっている。ちらりと視界の端に見えるのは、機嫌よく口角のあがった唇だ。

なんでこういうときだけ、異常なくらいに楽しそうなのかと思う。

――まるっきり小学生の好きな子いじめで、俺まであきれたもん。

ほんとにあきれる。けれどそんな情緒未発達な男を好きな自分にも、とことんあきれる。

「なあ、碧」

「ん？」

髪をいじりながら目を伏せている碧に、好きなのか、と問おうとした。けれど訊いてばかりいても、たぶんまたはぐらかされるのだろう。

「おれ、碧、好きやよ」

何度言っても、どきどきするし怖い。まだ不安定な関係の自分たちで、こんなことを言っていたらそのうち「うざい」と切り捨てられるかもと、心配にもなる。

けれど、碧は髪を巻いていた指をほどいて、そっとやさしく撫でてきた。

「そうか」

ほんのちょっぴり、嬉しそうに見えるのは朱斗の思いこみかもしれない。本当はあきれ笑いなのかも、と思わなくはない。

それでも否定はされないし、ぎゅっと抱きしめてきた彼の唇が額と頬と鼻を経由して、唇に届いた。

「おまえ、ほんとに俺が好きだな」

おかしそうに、ちょっと小ばかにしたように言うけれど、声があまいから、そんなにうざがられてはいないのだと思う。

思う、のだが。

「……っやからそれはせんって言うてるやろぉお!?」

素直に「抱いて」と言うまでいじめ倒されるのはちょっと、勘弁してほしかった。

イツカノミライ

志水朱斗が勤めている御崎画廊で、日本では五年ぶりとなる秀島慈英の個展が開催されたのは、その年の夏のことだった。

「すっごいひとだな」

「せやろ。おれも驚いてん」

入口付近でひっそり耳打ちしてきた佐藤一朗に、朱斗はすこしだけ誇らしげに笑った。

銀座にある御崎画廊の店舗自体は一見こぢんまりとしているが、あくまでそこは事務所だ。フリーギャラリーも有しており、かなりな規模の展示会もできる。

「いろんな作家さんの個展もやらはるけど、秀島さん、やっぱ人気なんやなあ」

ドア脇に飾られている大ぶりですこし紫がかった胡蝶蘭は、じつにはなやかなものだ。そのほか、みずみずしかったフラワーアレンジメントらも、飾られて三日めともなると、さすがに一部がしおれてきている。

来場者の目にふれないうちにと、朱斗はこっそり傷んだ花を摘みとる。『秀島慈英様江』と達筆で書かれたプレートにある送り主の名前を眺め、佐藤は唖然としていた。

「おお、すっげ……神堂風威ってたしか、有名な小説家だよな？　秀島さん、そんなひとともつながりあるんだ」

「まえに、神堂先生の新刊の装丁のために、イメージした絵を描かはったんやて。なんでも、いとこさんの知りあいが出版社に勤めてはって、その絡みとか、なんとか」

「へぇぇ……いとこって、今回のコラボ相手の？」

そのとおり、と朱斗はうなずいた。

「どっちも芸術家ってか。秀島家って才能の宝庫だなあ」

うなるように言った佐藤の視線は、会場そばの立て看板『カズン――アート&ジュエリーコラボレーション展』の文字へと移る。

今回の展覧会の目玉は、現在では世界を股にかけた現代アーティストとして有名な秀島慈英と、ハイジュエリーの世界では人気の高いジュエリーデザイナー、秀島照映とのコラボレーション。同じテーマの作品を、絵画とジュエリーで制作する、というものだ。

慈英の絵をそのまま簡略化し、七宝や宝石、ありとあらゆる種類の素材を使ってブローチで再現したり、共作のオブジェなどもある。お互い多忙ななか、この催しのために何年にもわたって作品を作りあげてきたらしいと朱斗は説明した。

「ディスプレイとか、飾りつけもテーマにあわせて徹底してはるよ。会場じゅうの花も、展示物とテーマあわせてなじむようになってんねんて。これは蒼月流の若手が『やらせてくれ』って言うてきはったとか」

「おいおい。とか、とか、って朱斗、おまえ、主宰側の社員だろ」

「言うたって、もともとおれ、こっちの仕事はあんま関わってへんもん」

佐藤に呆れ顔をされ、朱斗はいいわけがましくつぶやいた口を尖らせた。実際、慣れないスーツに身を包んでいるのは、この日受付にひっぱりだされたせいなのだ。

「ふだんは事務所で書類整理とかばっかやで。企画とかは専門の部署のひとがやらはるし」

「たしかに、事務方ならそうだろうけどな」

佐藤も苦笑気味にうなずく。

もともとこの画廊をたちあげ、朱斗を雇いいれてくれた張本人である御崎は、数年まえに高齢を理由に引退していた。一時期は周囲を非常に心配させた御崎の心臓の疾患が、完治とはいかなかったのだ。しかし幸いにして大きな変調もなく、いまは葉山に購入した自宅で静かな余生を送っている。

御崎引退後の『御崎画廊』自体は、御崎の長男、繁次が地道に運営していた。もともとは会計士だった彼はアート方面にはあまりあかるくなかったが、「頼れるところは専門家に頼ればいい」と割りきって、企画やアーティストとの折衝は完全に外部委託に任せている。長年、この業界で人脈を作りあげてきた御崎のおかげでアドバイザーやキュレーターなど人材には事欠かず、現在は慈英を担当している海外エージェントとも専属契約を結んでいて、不況時にも順調に運営できていた。

そして朱斗の現在の業務は、さきほど口にしたとおり、事務や総務関連のアシスタント。近年ではもと会計士の繁次の指導も受け、簿記の勉強もがんばっているところだ。

「ただの事務員じゃこのさき厳しいやろし、経理関係の資格いくつかとろうと思って」

「おお、えらい。でも向いてんじゃない？　朱斗、こつこつやるタイプだもんな」

子どもを褒めるような佐藤の言葉に、「ありがとお」と朱斗は苦笑いする。気のいい友人は、中学生のとき転校してきた朱斗をよく面倒みてくれた学級委員長で、いまだにその気分が抜けないのか、どこか保護者的な物言いをする。

しかしその彼が、何度も助言してくれた受験に関してだけは、狭い視野で我を通したがゆえの失敗もあった。

「おれ、自分にアートのセンスやらまったくないて、はよ気づけばよかってんな。さとーくんも、何度も言うてくれてたんに」

ため息まじりにつぶやくと、けっしてひとを責めない佐藤は「当時は本気で考えてたんだろ」とやわらかな微笑(ほほえ)みで告げる。

「失敗も、選択ミスも、その後の糧(かて)になりゃいいのさ」

「そういうもん？」

「そういうもん。つか、やりたいこととやれることが違うのは、よくある話だ。あいつみたいに、目標と適性とが合致してて、十代から迷いなしってほうがめずらしいんだよ」

「あー、あいつ、ね」

朱斗は力なく笑う。

あいつ、こと弓削碧は、大学在学中に学友らとデザインワークスタジオを設立した。グラフィックから空間、ファッションなど、デザイン全般に対してのマルチクリエイト集団として名をあげている。いまではしょっちゅうメディアにもとりあげられる人気デザイナーだ。

そんな碧の追っかけ的に十代をすごしていた朱斗は、アート系の進路を目指してがんばった時期があった。いまでは一応、恋人関係になれたけれども、ほんの数年まえまでは絶望的な片恋だと思っていたし、それならばどうにか近い世界で生きられないかと考えたのだ。

しかし残念なことに、朱斗には絵心もアート的なセンスも、壊滅的なまでになく、試しにはいってみた初心者向けの画塾でも、あまりのふるわなさに「悪いことは言わないから」とやんわり退塾を勧められた。

ならばとWEBデザインに狙いをさだめ、せめて理論的な部分だけでも学ぼうとして情報処理系の学校に進んだのだが、これまた先生に「いっそ事務系のビジネス科に転科してはどうか」と勧められるほどの、惨憺たるありさまだった。

当時は意地もあって、なんとか卒業できる程度の成績をキープしたけれど、いまになればその先生が見越したとおりだったと思う。

愚直なタイプである朱斗が向いていたのは、こつこつまじめにやればできる帳簿やデータの整理、細かい片づけなど、本当の意味での『アシスタント業務』だった。

これといった売りもない朱斗は、卒業後、バイトさきだったビデオショップに就職が決まり、ほっとしたのもつかの間。一年足らずでそのショップが倒産してしまった。どうしたものかと頭を抱えていたが、ひょんなことから御崎画廊のアルバイトに誘われ、そのまま就職させてもらえたのは、本当にラッキーなことだったと朱斗は思っている。

(人生、運だけでわたってきとんなあ、おれ)

ただし、自分の会社に朱斗をひっぱるつもりだったらしい碧からは、就職して何年もたつというのに、いまだにぶつぶつ言われている。しかし朱斗にしてみれば、碧の将来のビジョンなどさっぱり知らなかったのだから、いまさら言われても、という話だろうと佐藤も言っていた。

——勝手に考えたサプライズのあてがはずれたからって、文句言う筋合いねえだろ。

いっさいなんの打診もされなかったのだから、責任を感じる必要はないと、碧の親友という希有(けう)なポジションにいる男は、やさしい顔をして容赦がなかった。

「しかしテレビやら雑誌やら、タレントかって感じだなあ。ほんと別世界だ」

そうつぶやく佐藤も碧の会社にこいと大学卒業まえに誘われたらしいのだが、きっぱり断った。ごくごく静かに、だが堅実に自分の道を歩み、公務員試験を受けた。現在は区役所の地域課、相談係を務めている。都内二十三区ぎりぎりの下町で、アットホームな職場だそうだ。

らしいといえば、このうえなく佐藤らしい進路だった。

「テレビだけやないよ。イベントとかではＶＪやったりしよるし、ネットも人気。この間もUstreamの持ち番組で、なんや若手アーティストの皆さんとディスカッション大会やっとった。ツイッターのフォロアーも、万単位でおるらしいよ」

「あいつは顔も売りだしな。しゃべりもたつし」

佐藤の冷やかすような言葉を朱斗も否定できず、微妙な顔になった。

「売りこめるなら顔でもなんでも使う、言いきりよったしなあ」

「わかってやってんなら、いいんじゃね？　パフォーマンスも現代アートだとか言うじゃん。自分の見せかた知ってるあたりは、お袋さん譲りかな」

碧の母親は若いころには美人女優として大変な人気があったそうだ。現在ではテレビにはあまりでてこないが、映画や舞台で演技派のベテランとして活躍しており、いまだ美貌は衰えていない。そしてそのうつくしさは、息子へとしっかり受け継がれてもいる。

しかしその親子関係は、公にはされていない。

「ＶＪって、クラブイベントとかのだろ？　つくづく派手だよな。いっそ、お袋さんと舞台で親子コラボとかしてみりゃいいのに」

「あ、それはいややって言ってた。碧だけじゃなくて、おかあさんも」

神秘的な美貌を誇る母親は「家庭のにおいがちらついたら芝居に集中してもらえないから」とプライベートを隠しとおしているし、息子は息子で「親の七光りなんて言われたらたまらない」とこれまた秘している。そのため、有名女優と新進気鋭のデザイナーのつながりを知るのは、個人的なつきあいのあるごく一部だけだ。

「ま、プロ意識が高いってことかな、どっちも。……ただ、あんだけ派手に顔売ってると、危ないファンとかつきそうで怖いけどなあ」

しみじみつぶやいた佐藤に、朱斗はいささかげんなりしながら「もぉついてるらしい」とこぼした。

「え、まじで?」

「まじで。この間メールで、『弓削さんの作品もお顔も手もほんとにうつくしいです。できるなら手首からさきを切り落としてホルマリン漬けにしたい』とか言ってきたって」

「なにそれ、怖ぇ。俺、地味でよかった」

ぞっとしたように身体（からだ）を震わせる佐藤を、朱斗は横目で軽く睨（にら）んだ。

「とか言うて、さとーくんもモテるくせに」

「いや、ぜんぜん、ぜんぜん」

あっけらかんと言ってのける友人に、朱斗は怪訝（けげん）な顔になった。

「そうなん?　さとーくん、かっこええのに」

「そんなん言ってくれるの、おまえくらいだって」

佐藤は笑い飛ばすけれど、朱斗はお世辞を言ったつもりはなかった。彼は、いわゆる正統派のハンサムだとか美形だとか言われる派手さはないが、すっきりしたいい顔をしている。思春期には面長で地味な印象が強かったけれど、骨格が落ちついた二十代なかばあたりから、独特の魅力がにじむ男前になった。

長身に見合い、股下が一メートルある佐藤は、縦に長いせいで痩せて見えるけれど、じつのところ肩幅も広くスタイルもいい。スーツ姿でいると、モデルのように決まっていて、小柄で童顔な朱斗はいつもうらやましく思っていた。

「けど、無害そうな顔してて、けっこうないれ食いとか聞いたで」

むろん言っていたのは碧だ。噂の出元を当然わかっている本人は、「風評被害やめてよ」と渋い顔をする。

「ほんとに俺の場合、でかすぎてモテないんだって」

「まあ、さとーくんの場合、おれでもちょっと目ぇあわすのきついもんな」

なにしろ彼の身長は一九二センチ。区役所にくるおばちゃんやおばあちゃんには「のっぽさん」と人気らしいが、小柄な女の子からは「怖い」と言われることもあるという。佐藤自身、あまりに身長差のある相手だと、視界からロストすることもあるそうだ。

「でもま、きょうはわりとでっかいひともいるんで、そこまで俺も目だたないな」

「あー、ね」

ちらりと視線を流したさきでは、本日のメインである慈英の姿があった。

佐藤ほどはさすがにないけれど、すらりとした長身に黒いスーツが似合っている。朱斗が出会ったころから変わらない、襟足の跳ねたくせのある髪と不精に見せて整えられた髭。

三十代になった慈英は、相変わらずの静謐なたたずまいのなかに、日本のトップアーティストとしての貫禄すら漂っている。

いまは、関係者たちの挨拶でひっぱりだこらしく、ひさしぶりにハレの場へと顔をだした御崎ともども、あれやこれやと声をかけられまくっていた。

「ところでさ、きょう、もうひとりのメインのほうは？」

「照映さん？　残念ながら、工房で仕事してはるよ。納期近いねんて。でも『晴れがましい舞台は向いてない』とか言うてはったらしいから、わざと欠席したんとちゃうかて、秀島さんが言うてたよ」

「はは、剛毅そうに見えて、意外にシャイなのかな」

何年かまえの慈英の個展で顔をあわせたことのある、慈英をもっと男臭くしたような照映の姿を思いだしたのか、佐藤はおもしろそうに笑う。

「てか、まあ、繊細なひとじゃなきゃ、あんな緻密な作業できないよなあ。ジュエリーってほんとに細工こまかいよな。ミリ単位の大きさの……メレ石っつうんだっけ、あれグラデーションになるように敷き詰めてるやつとか、ぜんぶ手作業なんだろ？」

「もちろん。工房の職人さんの現場、見せてもろたことあるけど、おれには無理や思ったわ」

大柄な照映が専用の工具を使い、美麗なジュエリーを仕上げているさまはひどく不思議な感じだった。なにしろ頭にはタオルを巻き、作業用のＴシャツにデニム——それも焼けこげやなにかで汚れて穴の空いたモノ——を着て、足下はビニールサンダルという、男前が泣くような薄汚いスタイルだったのだ。

それでも真剣な横顔はプロの気概を感じられて、感心したし尊敬もした。けれど、きらびやかな芸術品と汚れまみれの作業工程のギャップは正直驚いたと言うと「でも、ものづくりってなんでもそうかもな」と佐藤は言った。

「あのきれいな油絵だって、作業中は絵の具で汚れまくりだろ？」

「それはそうやろけど、でもおれ、碧が絵ぇ描いてるとき汚い格好してんの見たことない」

「……あいつはそこらへんから美意識がうんちゃら言ってたからなあ。いまはＣＧメインみたいだし、たしかにスマートが服着て歩いてる感じだな」

佐藤はおかしそうに、くっくっと笑った。

「なんで笑うん？」

「いんや。そういうね、泥臭いことしてるひとのほうが、俺はカッコイイと思っちゃうんだけどね。じつは碧もそうだからさ」

言わんとするところは、朱斗にもうっすらわかった。とはいえマルチな才能があるくせに、そのことが微妙なコンプレックスであるらしい碧の鬱屈した気持ちを、朱斗のような不器用な人間は理解しきれない。

「できる人間なんやから、できることに満足しろて、おれとか思うねんけど」

「芸術家特有のこだわりっつうか、ないものねだりってことだろ。俺は自分以外の人間になりたいとか思わないから、誰のことでも『スゲー』ですむけどさ」

「……いや、さとーくんのその落ちつきっぷりも、充分『スゲー』です……」

まだ二十代なかばで、そこまで達観できるのは、やはり希有なものだろう。あきれとも感心ともつかない朱斗のぼやきはスルーして、佐藤はくるりと会場を見まわした。

「それにしても、宝飾扱ってるのにずいぶん、オープンな展示方法なんだな。俺、もっと頑丈なガラスケースとかにいれて、警備員とかがっちり、たたせておくもんだと思ってたよ」

宝飾展示コーナーである展示会別室の入口まえでは、照映の会社から派遣されてきた男性社員がチェックをいれているだけだ。むろん入室する際のボディチェックなどもない。

「あれって威嚇にはなんないし、対応できなくない？」

見張りは専門職でなくていいのか、と心配そうにする佐藤に、朱斗は笑った。

「今回のコラボって、ふだんはあんまり宝飾に縁のないひとにも見ていただくのが目的やから。そんでも入口では一応、来場者はカメラでチェックしとるよ」

「たしかに、あんな高額商品、俺なんかまったくご縁がないからなあ。宝飾品っていうより工芸品っぽくて、造りもおもしろいから見てて楽しいけど、やっぱどきどきするよ。おいくらなのかしらー、みたいなさ」

「あは。まあおれも気持ちは同じやけど。一応、防犯対策はしてはるよ」

「どんな?」

茶化しつつもかなり心配そうな佐藤に、彼ならば大丈夫かと踏んで「非常ボタンあるねん」と朱斗はこっそり説明した。

「来場者は入口で防犯カメラチェックしとる。あとこの受付用デスクの裏っかわと、さとーくんがたってる壁のところにも隠しボタンある。これ完全にエマージェンシー用やから、押したらこのビルに待機してる警備員がすっ飛んでくる。同時に警察にも連絡いくし」

「お、これか。なるほどなあ」

ちょうど、佐藤の長い腕を下方へ伸ばしたあたり、彼の腿の脇くらいの位置に、壁と同化するよう真っ白に塗られたちいさな突起がある。覗きこんだ彼はうなずいてみせた。

「でもこれ、うっかりさわっちゃったりしないの」

「ここいらの壁沿いはスタッフやないとはいられへんとこやし。五秒長押しせなあかんやつで、ちょっとかすったくらいでは作動せんよ」

へえ、と感心している佐藤をよそに、また新しい来場者がきた。朱斗は姿勢を正し、にっこりと笑顔になる。

「こちらにご記帳お願いいたします」

「ごゆっくりご覧くださいませ」

丁寧に頭をさげる朱斗の横で、佐藤もまるでスタッフかのように、にっこり微笑む。客が去ったあと、朱斗は佐藤の脇腹を肘で——かなり肘の角度をあげなければならないのが難点だ——つついた。

「ちょっと、なんでさとーくんまで接客しとるん」

「いや仕事柄、反射でつい」

区役所で苦情対応や問いあわせ係をやっている佐藤は、学生のころよりもさらに愛想がよくなった。でしゃばった、と苦笑しているけれど、こっそりため息がでてしまう。

「反射て……さとーくんは、ほんまになんでもできるなあ」

じつのところ、友人らのなかでもっともいろんな職業につく可能性が高かったのは、佐藤ではないのだろうかと朱斗はひっそり思っていた。もともと彼は頭もよく、なにごとに対しても動じないので臨機応変に対応できる。

「なんでもって、こんなの誰でもできるじゃん」

褒められた当人は涼しい顔で言ってくれる。不器用を自認する人間にとっては、それすらうらやましいのだと、朱斗は顔をしかめた。

「誰でもて、おれとか、めったにお客さんの相手とかせえへんから、めっちゃ緊張するのに」

「――同じくだねえ。俺もこういう場は苦手だよ」

突然背後から聞こえた声に、朱斗はひゃっと飛びあがった。振り返ると、本日の主役である慈英が苦笑しながらそこにいた。

「秀島さん！　どないしはったんですか」

「ちょっと休憩。愛想笑いしすぎて顔が硬直してきちゃってね」

髭の生えた顎を手で押さえながら、冗談めかしたことを言う慈英に、朱斗もまた、「ええぇ」とわざとらしく目をみはった。

「むかしと違(ちご)うて、ずいぶん慣れはったなー、思てたんに」

「外面だけはがんばるようになったんだよ。……と、失礼。おひさしぶりだね、佐藤くん」

「どうも、ご無沙汰(ぶさた)してます」

にっこり微笑む佐藤に「ほんとにいい笑顔だなあ」と慈英はうらやましそうに言った。

その顔は、出会ったばかりのころ「パーティーが苦手だ」とうんざりしていた彼を思いださせ、朱斗はちょっとだけほっとする。ちいさく漏れた息に気づいたのか、慈英は「どうしたの」と顔を覗きこんできた。

「いや、毎回、秀島さんとはこういう場でばっかやなあと思って」

「こういう展覧会でもないと、東京にはでてこないしね。不義理で申し訳ない」

「え、そんな、とんでもない！」

朱斗はかぶりを振った。この数年、ニューヨークと長野をいったりきたりしている彼の多忙さは重々知っているし、メールや電話は苦手だと言いながらも、朱斗が連絡すればちゃんと返事もくれる。

――よくそんな暇あんな。あのひと、たいがい忙しいはずなんだけど。

碧がそう皮肉を言う程度には、かまってもらっているのだ。

「仲よぉしてもらって嬉しいです。最初お会いしたときは、こんなことになるとか思ってへんかったし」

「はは。たしかにふしぎな縁だよね。弓削くんつながりではあるけど、あの場で顔をあわせたのは本当に偶然だったし」

「おれにとっては、めちゃラッキーでしたけど」

慈英は、本人の希望もあって碧のようにメディアにでることはあまり多くない。けれど御崎画廊に勤めて数年、彼の画家としてのレベルが世界ランクであることを学んだ。そんなすごい人物と知りあったこと自体が、自分の人生にとっていちばんの驚きだろう。

そう告げると、佐藤までもが何度もうなずいていた。

「まあそうだよな。おかげで御崎さん紹介してもらえて、就職もできたし」

「紹介ってほどのことはしてないよ。それにあのひとはひとを見る目はうるさいから、こっちがいくら口添えしても、気にいらなければ無理な話だしね」

「はは、そんな感じっすね」

慈英となごやかに話しつつ、あっさりと笑う佐藤に、朱斗は思う。

（さとーくん秀島さん相手でも動じてへんなあ。ある意味、すごいかも）

佐藤はいつも「自分は平凡な小市民だ」と言うけれど、これだけ派手な顔ぶれのなか、気負わず自分のペースを崩さないのはたいしたものだ。しみじみしていると、慈英が芳名帳に目をとめ、ふと思いだしたかのように言った。

「そういえば、弓削くんもきてくれたんだね。まだ顔は見てないんだけど」

おもしろそうな声の響きに、朱斗は「う」と顔をひきつらせた。

「す、すんません……もしかして挨拶、してませんよね」

あいまいな笑みが返事だ。朱斗は内心で頭を抱えたくなった。

天才と言われる『秀島慈英』に対し、器用に見えて努力型の碧はものすごいコンプレックスを持っている。近年は世間にもまれたせいもあって、本人や周辺の人物のまえでろこつな言動は減ったけれども、顔をあわせたあと、しばらく不機嫌になるのは相変わらずだ。

（挨拶もしてへんて、あいつ会場いりしたの、おれといっしょやん）

しかも、準備や申し送りなどでばたばたしていた朱斗や、仕事の都合でさきほど訪れた佐藤とは違い、碧は完全にフリーの来場客だ。時間はいくらでもあっただろうに。

朱斗が今回の受付を担当すると知ったあたりから、碧のご機嫌は低空飛行のままだった。それでも同じ大学のＯＢである以上無下にもできず、義理として顔はだしたものの、口はききたくないということだろうか。

「まあその……まえよりはまるくなったんで……堪忍してやってください」

「失礼で、すみません、ほんとに」

佐藤とふたりで頭をさげると、慈英は鷹揚に笑った。

「はは。気にしてないから、きみたちが謝ることはないよ」

さらっと言ってのけた慈英に、こっそりと朱斗はため息をかみ殺した。

（碧、ほんとは気にしてほしがってんねんけどなあ）

自意識が高くプライドも高い碧にとっては、どれだけ突っかかったところで、慈英にあっさりいなされるのがもっとも腹だたしいのだ。きょうの夜もまたおかんむりかもしれない、とやつあたりされる身にとってありがたくない気持ちをこらえ、朱斗は無理に微笑んだ。

「いま、どこにおるんかな……あっ」

きょろきょろしていると、すこし離れた場所で碧を見つけた。

入口から近いフロアの脇、宝飾品とのコラボブースとなっている展示会別室の手まえ、誰かと会話しているようだった。同じほうを見た佐藤も首をかしげる。

「ん？　なあ、碧と話してるあれ、誰？　新しいモデルさんかなんか？」

「あ……たしか秀島さんのおともだち、ですよね？　会場入りのとき、いっしょにいてはったから……」

佐藤の疑問に、朱斗が自信なさげな声で答えた。慈英は、どこか謎めいた笑みで「まあ、そうだね」と笑う。微妙な表情が気になったけれど、それよりも、視線のさきにいる相手の容姿に朱斗は見惚れてしまった。

（にしても、きれいなひとやな）

ほっそりとしているが、一八〇センチ強の碧と並んでそれほどちいさくはないことから、それなりに身長があるのがわかる。

なにより、手足が長く頭がちいさい。あっさりしたシャツにジャケット、ジーンズというカジュアルないでたちだけれど、スタイルがいいのでものすごく決まっていた。

そしてその顔だちは、びっくりするほどうつくしかった。

彼が碧と並ぶと、ふたりともすごい美形であるため、相当絵になる――のだが。

「なあ、なんかあいつ、変にぶすっとしてない？」

耳打ちしてきた佐藤に、朱斗もうなずいた。

「お相手さんも、なんか微妙な顔しとんなあ」

まさかとは思うけれど、慈英の関係者だからとけんかを売ったりしてはいまいか。はらはらしながら見ていると、慈英が「だいじょうぶだよ」と言った。

「一応あのふたり、面識はあるし。揉めたりはしないはずだから」

「うっ、す、すんません」

「もうほんと、申し訳ない」

碧の大人げなさを、またもや佐藤とともに詫びると、「だから気にしてないってば」と慈英が苦笑する。

「謝らなくていいから、ほんとに。……それよりほら、またお客さん」

「わわ、はい」

つんと背中をつつかれ、あわてて朱斗は振り返る。

目にはいってきたのは、黒っぽくごついジャケットやコートに身を包んだ男性三人組だった。そのうちふたりは縁の太いメガネをかけ、ひとりはサングラス。そして風邪でもひいているのか花粉症か、立体型のマスクをしている。

「ご記帳お願いいたします。それから、お荷物やコートなどは、そちらのクロークもご利用いただけますので」

「や、いいんで」

マスクごしにくぐもった声で、ぶすっとした感じの返事。拒絶感の強い態度を示され、変わった客だな、と朱斗は思った。

受付など慣れていないとはいえ、朱斗も画廊勤めの身だ。展覧会ははじめてというわけでもないし、銀座にある店舗に訪れる顧客の応対をしたことくらいはある。

今回の催しは美術系専門誌だけでなく、一部のテレビなどでもとりあげられて宣伝している。そのため、ふだん美術展を見にくるような客層とはずいぶん違った感じの客も多い。

(なんか、いつもと違う感じで、調子狂うなあ)

内心で面食らっていると、続けざまにはいってきたカップルなどは、いかにもなギャル系とホストっぽいお兄系だった。

いささか腰がひけつつも、朱斗が「ご記帳を」と告げれば、彼女のほうが「ええーめんどくさい」とむくれてしまった。

「ばっかおまえ、こういう場ではサインしとくもんなんだよ」

「なんでぇ？　個人情報ナントカじゃーん」

「名前だけの情報に、なんの価値があるんだっつーんだよ」

「……ご無理にとは申しませんが、来場の記念としてお名前いただけますと幸いです」

けっこうな大声で騒ぐふたりに困り果てていると、微笑んだ佐藤がすっとまえにでた。その長身に彼氏のほうはすこし怯(ひる)んだらしいが、連れのほうが肝が太かったようだ。

「え、べつに見たいとか思ってないし」

相変わらずぶすっとしている彼女に、彼氏のほうが「おい」と顔をしかめる。

「おめーが、たまにはアートっぽいの見たいとか言うからきたんだろ。失礼なこと言うなよ」

言葉も見かけも荒っぽいが、案外常識人らしい彼に対し、彼女はさらにふてくされた。

「だって宝石って言うからきたのに、あんなごっついの、つけらんないじゃんよぉ。もっとカワイーのがいいのにさ」

いや、秀島照映のジュエリーはハイクラスのためのものだし、そもそも今回は展示会用の作品で、若い女の子向けではないのだが。朱斗が内心ツッコミをいれていると、いらいらしていた彼氏がさすがに切れてしまった。

「チラシ持ってきたのはおめーだろうがよ」

「たまたま挟まってただけだし、うちがいきたいって言ったわけじゃないし」

巻いた髪をいじりながら、彼女はそっぽを向く。どうでもいいが、入口付近で揉めないでほしい――とストレートに言うわけにはいかず、朱斗が「あの、お客さま」と声をかける。

だがその声は、彼氏の怒声に掻き消されてしまった。

「なんでそう、はっきりしねえんだよ。いきたいとこあるなら、ちゃんと最初から言え！」

けっこうな声量に朱斗は顔をひきつらせ、「あの、お静かに」と告げる。しかし、ヒートアップしたカップルの痴話ゲンカは止まらない。

「デートの段取り悪いのはあんたが悪いんでしょぉ!?」

「すみません、お話はちいさな声で……」

「はぁあ!?　なんだそれ、いっつもいっつも――！」

「……ていうか、外で、あの……」

ふたりの言い合いはますますエスカレートし、いさめる声も届かない。しまいには、朱斗はおろか佐藤までも言葉が見つからなくなってしまった。

この展示会ではいろんな来場者がいたけれど、さすがにここまで場をわきまえていないタイプははじめてだ。しかもいま、このスペースの担当者は朱斗ひとり。宝飾コーナーまえにいる男性社員は持ち場を離れるわけにもいかず、警戒の色を強めて入口付近からカップルを強い目で睨んでいる。

しかも、ぎゃあぎゃあと騒ぐふたりに、来場者たちまでもが好奇の目を向けはじめていた。

「おまえはそう、いっつもそうだよ、いっつもだよ！」

「なんべんも言わないでよ、あんたこそしつっこいのよ、なんなのよ！」

（ど、どないしよ、これ）

諭してもきかず、どころか完全に無視。迷惑な客だが、かといって、強引にでていけと言うわけにもいかない。

「……なあ、警備員、呼ぶ？」

小声で佐藤にささやかれ、朱斗ははっとなった。いっそ、そうしたほうがいいのかも――とうなずきかけたところで、どこかおもしろそうな声が聞こえてきた。

「いやあ、それにしてもにぎやかなおふたりだね」

つぶやいたのは、騒ぎを眺めていた慈英だった。場に似つかわしくないのんきな口調に佐藤は苦笑し、想定外の自体にフリーズしていた朱斗はいっそう青ざめる。

「ひ、秀島さん。ほんま、すみません」

「いや、だからこれもきみのせいじゃないでしょう。ちょっと繁次さん探してこようか」

「いやあの、あの、そんな、してもらうわけには」

主賓にトラブル処理をさせるわけになどいかない。おろおろしながら、佐藤にでも警備員を呼んできてもらうかと考えていたところで、またもや背後から声がかかった。

「なんなんだよ、騒がしいな」

「あ、碧……」

秀麗な顔だちを怪訝そうに歪めた碧に、朱斗は思わずすがるような目を向けた。なにごとか、と片方の眉をあげた彼が口をひらこうとしたとたん、騒いでいた彼女のほうが「あっ」と声をあげる。

「やだちょっと、ミドリじゃんっ」

さきほどまでのけわしい表情はどこへやら、ピンク色のオーラをまき散らすような笑顔で叫んだ彼女に対し、怪訝な顔になった彼氏が問う。

「は？　ミドリ？　誰？」

「ばかじゃん、知らないの？　超有名じゃん！」

興奮状態の女のほうは、さきほどまでの不機嫌はどこへやらで碧へと駆けよってくる。

「あの、この間の『ワン・アイド・マリア』のイベント、VJやってましたよね！　すげーよかったです！　うちツイッターもフォローしてて！」

「……ああ、そうなの？　ありがと」

いきなり近い位置にきた女に腕を掴まれ、碧が顔をしかめたのは、ほんの一瞬だった。すぐさまにっこりと微笑み、けれどさりげなく腕を振りほどく。

碧が浮かべた完璧な営業用の、あまく麗しい笑顔。でた、と朱斗は佐藤と顔を見あわせる。こういう表情をするときの彼は、内心ではろくなことを考えていない。

「もう、うちめっちゃファンなんで！　うわーもう、超嬉しい！　サインとかいいですか？」

「ああ、いいよ。でもここ、俺の知りあいの展示会なんで、ちょっとテンションさげてくれるかな」

長い睫毛で隠された、笑みと裏腹にひややかな目。「あ、はあい」とかわいく返事をした彼女には、まるで見えていないらしい。

（なんで、最近のギャルって自分のこと『うち』て言うんやろなあ。方言みたいや）

自分のような地方出身者でもないのに、と、あまりの状況に逃避をはじめた頭で考えていると、碧が長い手を突きだしてきた。

「朱斗、ペンとかある？」

「え、あ、あるけど」

記帳用のサインペンを差しだすと、口にくわえてキャップをとった碧は「どこに？」と艶冶に微笑む。彼女はあたふたとしたあげく「じゃ、あの、ここに」と自分の着ていたカットソーの胸元をひっぱった。Ｖネックに大きくくれた胸元がさらに目だち、谷間が見える。わざとだろうそれに朱斗は思わず顔をしかめ、彼氏は「おい」と低い声で威嚇した。

しかし碧はといえば涼しい顔で動じもせず、ぎりぎりでバストにふれそうなそのうえへ、さらりとサインをしたのち、短い英文と日づけをつけくわえた。

「え、読めない……なんて書いてあるの？　これ」

自分の男を置き去りに秋波をびしばしと飛ばした女へ、サインペンのキャップを噛んだままの碧は「ないしょ」とにやっと笑った。

「やー、ないしょとか、エッチぃ」

「あはは。興味あったら調べてみなよ」

碧の色気たっぷりの目つきに彼女は全身からハートを飛ばしている。けれど、さっとその英文を見やった慈英が、朱斗の背後でちいさく噴きだした。

「くっ……ふ、ふふ」

「え、あの、秀島さん。あれ、なんて書いてあるん……？」

高校卒業時、英語の成績が赤点すれすれだった朱斗とは違い、年中海外に赴く彼はむろん英語も堪能だ。顔をそむけた慈英は、朱斗の疑問にちいさく咳きこんだ。

「んんっ、ちょっと、ここで口にだすのは、ね」

目をそらした慈英は言葉を濁す。解説してくれたのは、ため息をついた佐藤だった。

「take a dump って……あれ、たしかスラングだよ。しかもけっこう下品な」

「さとーくん、そうなん?」

「や、俺も英語はそれほど強くないけど……ですよね?」

確認するように慈英へと目を向けると、口元を手で覆ったまま、かすかに腹筋を震わせながらこくこくとうなずいている。

「そこまでウケるような内容なん?」

意味のわからない朱斗が眉を寄せると、佐藤がぼやく。

「それにしても、幼稚だなあ、あいつも」

「幼稚て、だからどないな意味やねんて。おれわからんよ。秀島さん、ねえ?」

ちなみに全文は『I gotta take a dump.』とあった。再度、どういう意味なのだと問うが、慈英は笑いをこらえるのに必死で答えてくれない。佐藤を見ると、ため息をついた彼は、しかたないと、低い声でうめいた。

「品よく意訳すると、トイレ我慢できない、とかかなあ」

「まんま言うと?」

「言いたくねえなあ。……『あたしうんこ漏れそう』みたいな感じ」

「うん……こ、って」

聞いたとたん、朱斗はげんなりした顔になった。「……ですよね？」と確認するように、佐藤が慈英のほうを向く。

「ああ、まあ、うん、……くっ、ふっ」

慈英はうなずきながらまたちいさく噴きだした。そして、いつのまにか隣にいた、あのきれいなひとに「おい」と肘でつつかれる。

「おまえ、いくらなんでも笑いすぎだよ」

「す、みません」

何度も「んんっ」と空咳をした慈英は、気を取り直すように朱斗へと向き直る。その顔は笑いをこらえてひきつったままだ。

「ごめん、そういえば紹介してなかったね。臣さん、こちら朱斗くんと、佐藤くん」

「どうも、はじめまして。小山臣です」

にこっと微笑んだ臣の顔を見あげ、朱斗はおたおたしながら「はじめまして」と頭をさげた。佐藤は礼儀正しく会釈したのち、彼らしい率直さで問いかける。

「えっと、小山さんはモデルさんですか？」

なにしろこの容姿だ、職業については訊かれ慣れているのだろう彼はかすかに苦笑したのち、こう言った。

「はは、違います。仕事は地方公務員」

意外な答えに、朱斗は思わず素で「あ、そうなんや」とつぶやいてしまった。年上相手に失礼かとあわてたが、臣はにこにこしていてくれて、ほっとした。

「あ、てことは、さとーくんと同じ？　あれ、さとーくんは国家公務員やったっけ？」

「いんや。俺は区役所づとめだから。すっごい簡単にいうと、『東京都』の職員は地方公務員だよ。国家公務員は、日本全国がおつとめさきになるの」

「う……都、とかいうからわからんねん。東京県にすればええねん」

口を尖らせると「常識の範疇（はんちゅう）だぞ」と頭を小突かれた。慈英と臣にくすくすと笑われ、朱斗は頭をさすりながら「恥かかせんな」と睨んだ。臣は、ますます笑う。

「あはは。勘違いするひとは多いから、しかたないよ。警視庁が他県の県警と同じ地方機関だとか、ふつうわからないでしょう」

「え、警視庁って県警のうえにあるんとちゃうの？」

「ちゃうんですよ。上位組織にあたるのは警察庁。よくごっちゃになるけどね」

にこにこしながら教えてくれる臣は、親切そうでいいひとだ。しかしなんで例えが警察？　と怪訝な顔になっていたけれど、さらなる驚きが疑問を吹き飛ばした。

「でね。俺、こいつといっしょに住んでんの」

「え……それって」

慈英を親指でさしながらさらっと言った臣に、朱斗は目をしばたたかせる。だが佐藤はぴんときたように「ああ」とうなずいた。

「あれか、朱斗に聞いてた、秀島さんの大事なひと」

「さ、さとーくんっ」

ほのめかされただけのことを、そんなにずばっと言ってもいいのか。すこしあわてた朱斗に「いいって」と臣は微笑んだ。

「まえから、朱斗くんの話は聞いてたし、いっぺん会ってみたかったんだ。きょう会ったら、言ってもいいよなって話してたから。な、慈英？」

「ええ、まあ」

ごく自然に微笑みあうふたりを見て、朱斗はなんだか見惚れてしまった。

「仲、ええんですねえ」

思わずするっと言葉がでる。臣は照れたように頬を搔いたが、否定はしなかった。

「ん？　うーん、そうかな。そうかも」

「そうです、って言ってくださいよ」

「いやそれもどうなのよ」

画家と公務員。どういう接点があって、どんなふうに関係を作っていったのか想像もつかないけれども、いまのふたりがとても自然で、いい関係なのは見てとれる。長年つきあった同士特有の、穏やかだけれどなじんだ空気。あまりに自然で、おまけにものすごくお似合いだ。

いいなあ、と朱斗は思う。

（つきあいだけなら、おれらもそこそこ、長いんやけどなあ）

出会いからすれば十年以上。すこしは大人になったと思っていたが、さきほどの顛末から
しても、碧の性根は変わっていない。いじめっこで、ちょっとばかり――いやかなり、性格が悪いまんまなのだ。

「なんだよ、変な顔して」

お騒がせなふたり連れを適当に言いくるめ、おとなしく会場をまわらせることに成功した碧が、朱斗のもとへと戻ってくる。そのきれいな顔を見あげ、朱斗は深々とため息をついた。

「なんなんだよ、感じ悪いな」

自分のしたことを棚にあげ、しれっと言ってのける碧を朱斗は叱った。

「感じ悪い、やあらへん。変なこと、女の子の服に書くもんやないよ、碧」

「あ？　だって、多少は品のいいほうにしといたぜ？　それにどうせ、意味なんか調べやしねえだろ」

「そうかもしれんけどさあ……」

「つか、おまえが受付なんだろが。あの程度の客、もうちょっとましにあしらえよ」

あきれたように言われ、うぐっと言葉につまる。しおしおとなった朱斗にフォローをいれたのは慈英だった。

「しかたないよ、ああいうお客さんにはふだん、接してないだろうしね。俺も対応し損ねてたから、弓削くんにたすけられたな。ありがとう」

「べつに、礼言われるようなことしてないっすけど？」

つっけんどんな碧に朱斗はあわてた。慈英は相変わらず「ははは」と鷹揚に笑う。しかし隣にいる臣は、微笑んでこそいるけれど隙がない雰囲気だった。

（どういうひとなんやろなあ、このひと）

さきほども、碧とふたりで話しているとき、独特の緊張感が漂っていた。朱斗や佐藤と話しているときには、顔はきれいでも気さくなお兄さん、という感じがしたのだが――さすがに慈英の知りあいと言うべきか、どこか一筋縄ではいかない空気がある。

「あの、碧が失礼して、すみません」

ぺこりと頭をさげると、臣は一瞬驚いたように目をみはり「いいえ」と笑ってくれた。

「べつに怒ってもないし、きみが謝ることでもないよ」

「そう、ですか？　でも」

「ちょっと気になることがあっただけだから。まあ、考えすぎかもだけど……」

気にしないで、と臣は微笑むけれど、その視線はやはり鋭いままだ。いったいなんだろう、と朱斗が首をかしげていると、展示会別室の奥からでてきた、宝飾展示責任者の男性から、本日の主役へとお呼びの声がかけられた。

「秀島さん、すみません。ちょっといいですか？」

「……っと、はーい」

佐藤と談笑していた慈英は「ここにたまってちゃ、邪魔になるな」といまさら気づいたように苦笑し、詫びるように頭をさげた。隣にいた臣もうなずく。

「じゃあ、俺もいくわ。すみません」身内が入口占拠してってもな」

「相手できなくてすみません。と慈英が詫びれば、彼はかぶりを振って笑った。

「適当にまわってるから、気にすんな。……じゃあ、朱斗くん、またあとで」

「あとでね」

「あ、はい。あとでまた」

ふたりそれぞれに声をかけ、去っていくのを見送ったあと、朱斗はその場に残った碧に、「小山さんとなに話してたん？」と問いかけた。

「話して、っつーか、たまたま会ったんで挨拶しただけ」

「どういう知りあい？」

「まえに、秀島さん入院してただろ。そんときにいたんだよ」

ああ、と朱斗がうなずく。事件に巻きこまれた慈英がけがを負ったのは数年前。当時は重症で、記憶の混濁もあるので面会謝絶と言われ、どうしようどうしようとうろたえていた。そんなとき、「だったら見てくりゃいいんだろ」と見舞を強行したのが碧だった。

それで知っていたのかとうなずく朱斗に、碧がぼそりとつぶやく。

「俺、あのひと苦手なんだよな」

「あのひとて、小山さん？　え、なんで？　やさしいひとやん」

驚いた朱斗が問えば「なんでって、なんとなく」と碧は顔をしかめている。

「理由はべつにねえけどな。なんか、あわないっつーか、相性悪いっつうか」

「ふうん？」

きらい、ではなく苦手とは、めずらしいことを言う。碧自身、理由もよくわかっていないらしく、聡(さと)い彼にはあまりないことだ。

「ところでおまえ、昼休憩とかないの」

「あ、うん。ある。あと三十分くらいしたら、繁次さんが交代に——」

言葉が途切れたのは、突然、壁際に設置されていた花瓶(かびん)が音をたてて割れたせいだった。

「なに!?」

物騒な音にぎょっとして固まった朱斗のまえに、反射的に身がまえた碧がたちはだかる。背の高い彼に視界をふさがれ、なにごとだと青ざめていると、さきほど無愛想に受付をとおっていった黒ずくめの男が、高々と右手をうえにあげていた。

その手には、黒光りする拳銃が握られている。朱斗はひっと息を呑んだ。

「全員、床に伏せろ！」

彼と同時に入場したうちのひとりが、展示会別室まえにいた人員チェックの男性を床に押さえこむ。そしてもうひとりは、コートのなかからだしたとおぼしき、映画で観るような機関銃をかまえてその場にいる全員を威嚇していた。

「きゃあっ」

リーダーらしい男が天井に向けて発砲した。ライトの一部が破損し、悲鳴をあげた来場者たちに向け、男は宣言する。

「おとなしくしてれば、乱暴な真似はしない。ぐずぐずしないで、床に伏せろ。両手は頭のうしろに！　壁際の連中は、壁に背中をつけて動くな！」

「はやくしろ、おら！」

続けて機関銃を持った男が銃口をぐるりと周囲に向ける。誰の声もなくなった場内では、指示のとおり床に伏せる者、あるいは身がすくんで硬直している者。すさまじい緊迫感に、朱斗の肌がびりびりした。

（なんや、これ……）

現実とは思えなかった。とんでもない事態に朱斗はただ茫然となる。

展示会別室近くの壁際にいた慈英は両手をあげてたちすくんでいる。というのも、男性社員を床に踏みつけた男が、手にしたもので慈英の背を押していたからだ。

この状態でもっとも危険なのは、慈英だろう。ぐびりと喉が鳴りそうになって、朱斗は手のひらで押さえる。

（どうしよう、どうしたらいい？）

パニックになりつつ考えても、どうしようもない。冷や汗をかきながら固まっていることしかできない。なにより、目のまえで自分を護るようにたちはだかっている碧のことが心配でならない。どけ、と告げるために背中の衣服をひっぱったけれどびくともしない。

「碧……」

「しっ」

声をだすなと言われ、朱斗は口をつぐむ。だが背後に手をまわした碧の、犯人らからは見えないその長いひとさし指が、なにかを示すように動いた。

（なに？）

目だけでその方向を見ると、展示会場の中央に臣がいた。彼もまた床に伏せた状態だった。しかし、その顔は微妙にあげられ、犯人たちを見据えている。

「見たか」

「見た……けど」

それがなに、とちいさな声で問えば、碧は舌打ちをする。そして彼の長い脚にすねを蹴られ、反射的に足下を見ると、つまさきで机を指すのが見えた。

（あ……！）

非常ボタンを押せ、ということだろう。そして近くにいた佐藤もまた、同じことを考えたのだろう。あの目だたない壁際のボタンまえへと、じりじりと移動していた。

「誰も動くなよ！　動いたやつから撃つぞ」

こっそり屈もうとした朱斗は、その言葉に身動きがとれなくなる。ほんのかすかに肩を揺らしただけだったのに、相手はめざとく見つけたようだった。

「一歩も動くな。体勢も変えるな。膝をついて、両手は頭のうしろにやれ……おい！」

全員がおとなしく従うなか、碧はいっさい言うことを聞かず、だらりと腕をさげたままだ。いらだったように、機関銃を持った男が怒鳴る。

「そこのおまえ、言うとおりにしろよ！」

言われて素直に従う碧ではなかった。挑発するように顎をあげたかと思うと、強気に鼻で笑い飛ばし、朱斗の制止も聞かずに一歩、まえにでる。

「どうせオモチャだろ」

「あぁ⁉」

「こんなオープン展示で、しかも展示物狙ってきてるくせに、破壊能力の高い銃使うとかあほすぎるしな。脅しだろ?」

読みどおりだったのか、リーダーらしい指示をしていた男はぐっとつまる。しかし、かっとなったひとり——機関銃を持った男がリーダーの制止も聞かずに発砲した。

「ひっ!」

連射されたそれはBB弾どころか、かなりの威力で、朱斗の近くにあった鉢植えのひとつがまた吹き飛ばされる。碧はいらだたしげに舌打ちをしたが、朱斗は恐怖で吐き気さえも覚えた。

「射撃の腕は自信あるんだよ。なんせ、もともと警察官だしな」

あざけるように言う男は、完全にリーダー無視で暴走しかかっていた。その手にある銃口は、あきらかに朱斗のほう——碧へと狙いをさだめている。

「ちょっ、おまえ、やめろ!」

「うっせえよ、びびってんじゃねえよ、ここまできて!」

制止する仲間の言うことも聞かず、男は声を荒らげた。

(なんやねん、これ!)

まるで悪夢だ。アクション映画のなかにはいりこんでしまったかのような展開に、朱斗は頭が真っ白になる。もう一刻もはやく、現実に戻りたいとばかなことすら思った。

だが碧は、ここまできても挑発的な態度を崩さなかった。

「へーえ。銃を撃ってみたくて警察にはいったってわけ？　日本の警察、そこまであまくねえだろ。ばかじゃねえの、下調べ足りなさすぎ」

「おまえ、状況わかってんのか！」

かっとなった男が碧のほうへと銃口を向け——それからのことは、朱斗の目にまるで、スローモーションのように映った。

「あかんて！」

身体がとっさに動いた。朱斗は非常ボタンのこともなにも忘れて、碧の身体を突き飛ばそうとまえにでる。

「ばかっ！」

かばおうとしたはずの碧に逆に抱きかかえられる。そして碧の頭に銃弾がかすめた。

ぱあっと、目のまえに赤が散る。悲鳴がほとばしり、倒れた碧を抱えて、朱斗は震えた。

心臓がぎゅうっと、誰かの手に握りつぶされたかのように収縮する。

「碧、みどりぃ！」

「うるせえ、ばか。かすっただけだ」

血を流してうめく碧にほっとした。そしてこれ以上はなにもさせまいと、彼の頭を抱きかかえ、朱斗はうずくまる。「離せ」とぶっきらぼうに言う彼の腕が朱斗を押しのけようとするけれど、かぶりを振ってさらに強く抱きしめた。

「離せっつんだ、ばかっ。なにしてんだ、どけ！」

「いややもん！　離さへん！」

こんなときに泣いている場合ではないのに、涙がでてくる。もう自分はどうなってもいいから、碧にこれ以上はけがをさせたくなかったし、死なれたくもなかった。

怖いけれど、震えるほどの恐怖に吐き気も覚えているけれど、それでも碧を護りたかった。

「ばかか、ほんとに……っ」

あきれたような碧の声に涙ぐみ、覚悟すら決めて、朱斗は目を閉じた。

だが。

「――冗談じゃねえよ、このばか野郎！」

がつっと鈍い音がしたのは、犯人である男の頭からだ。はっとして見やると、暴走していた男は仲間のひとりに銃尻で頭を殴られ、その場に倒れこんだ。相当なダメージだったらしく、悪態をつきながらも起きあがれない。

「なに、しやがる……っ」

「こっちの台詞だ！　俺はおかしいやつと心中する気はねえし、殺人者になるのはごめんだ！　おりるぞ、やってらんねえよ！」

そう叫んだ男は、もういちど仲間を殴りつけ、銃を手にしたまま奥の非常口へと逃げだした。事態に唖然としたのは、その場の全員だろう。

「な……もう、なにやってんだ、おまえらっ」

とりわけ、ひとりのこされたリーダー格の男は、あきらかにうろたえていた。ひとりは逃げ、ひとりは頭を抱えて床でうめいている。

計画どおりにいかなかったせいで、混乱しているのは見てとれた。

そして、じりじりと壁沿いににじり寄っていった佐藤がついに、非常ボタンを押す。

（あっ）

うずくまっていた朱斗は、机裏にあるランプが『ＯＮ』という文字を浮かびあがらせたのに気づいた。あと五分しのげれば――そう思ったときだ。

「おまえら、とにかく動くな！」

恐慌状態になったリーダーの男が銃を投げ捨て、近くにいた慈英を人質にとり、首筋にナイフを押しあてた。

「お……」

「ひ、秀島さんっ」

会場スタッフや客の間から悲鳴があがり、一瞬で場内がさらなる緊張状態になった。

「動くなって言ってんだろ、この野郎！」

がなりたてる男を見つめ、朱斗は息を呑む。がたがたと手は震えているけれど、わざわざ銃を捨てて持ちだしたあたり、あのナイフは本当に殺傷能力のあるものだとわかる。そして、逃げた男に殴られたあの凶暴な男もまた、ゆっくり起きあがろうとしている。

（はよ、助けにきて、……誰でもええから、はよ……！）

こめかみから冷や汗が流れ、すぐに到着するはずの警備員の遅さが気になった。ふだんは意識すらしないほどの、五分という時間が、永遠にも思えてくる。

だが、ひどい膠着状態のなか、いちばん焦ってもおかしくない慈英はなぜか、苦い顔でため息をついた。

「……よりによって、この状況でこれか」

「どういう意味だっ」

顔をしかめた慈英の視線のさき、伏せた体勢からすこしだけ身を起こした臣がいる。どこか、しなやかな獣を思わせるような雰囲気に、朱斗はひどく胸騒ぎがした。

さきほどよりも落ちつきを見せた慈英が、自分の背後にいる男へと告げる。

「きみのために忠告しておく。悪いことは言わないから、俺を離したほうがいいよ」

「なんだとっ」

ぐいと首筋にナイフをあてる。かすかに血が流れる。

「だからさ、俺のことになると、俺よりも――」

ほんの一瞬のできごとだった。伏せていた状態からどうやって、と思うほど素早く臣がたちあがり、すごい勢いでダッシュをかける。あまりのはやさにぎょっとする犯人の脇腹に一

発、その後首をきつくしめあげ、男は膝から崩れ落ちた。

そして、靴底をひねるきゅっという音を響かせ、うめきながらもたちあがろうとしていたもうひとりのもとへと向かい、両手を首にあてたかと思うと、がくんと男の身体が床に沈む。

（え……）

据わった目でそれらをすべて無言でおこない、倒した男たちを睥睨する臣は、顔だちがうつくしいだけにぞっとするほど怖ろしかった。

「――キレちゃうひとが、いるから、ね」

もう聞いてないか。どこかあきらめたようなため息をついて肩をすくめた慈英の言葉尻は、ようやく駆けこんできた警備員らの靴音と怒声にかきけされる。

「お見事」

ぱちぱち、と拍手をしていたのは佐藤で、どこかのんきなその姿に朱斗は腰を抜かし、ようやく起きあがった碧はうんざりしたように、手の甲でこめかみの血を拭いた。

＊　＊　＊

三人の強盗犯は、現行犯で無事に逮捕された。

逃走しようとした男を捉えていたせいで、警備員の踏みこみが遅くなったのだと聞かされ、半分はほっとし、半分はやきもきさせられたことに不快になった。

警察が訪れ、残念ながらというか当然ながらというか、展示会は中止となった。会場内の全員に聴取する間、関係者として別室にいるように言われた朱斗らは、スタッフルームの一角でかたまって座っていた。顔ぶれは、朱斗と佐藤、慈英と臣だけ。碧はけがをしたため、応急手当に連れていかれていた。

落ちつかない空気が漂うなか、朱斗は臣へとこっそり問いかける。

「あの。さっきの、ものすご、驚きました……。あれ、なんの技ですか？」

事件自体もとんでもないものだったけれど、なにより予想外だったのは、臣のあの強さだ。ほっそりして見えるのに、あっという間に男ふたりを倒してしまったあの姿は、一生忘れられそうにない。

「基本は柔道かな。あとは適当に、我流っていうか」

「それにしても強すぎでしょう、小山さん。ナニモノなんです？」

いささか興奮気味に朱斗と佐藤が問えば、慈英がため息まじりに言った。

「ナニモノってこのひと、県警の刑事さんでね」

「えっ⁉」

「まじで⁉」

同時に驚いた佐藤と朱斗に、臣は「ばらすなよ」と慈英を小突いた。

「あ、言ったらまずいんですっけ？」

「べつにまずくないけど、警察って言うとびびるひと多いんだよ。案の定、びっくりされたじゃないか」

（いや、びっくりしたのそっちやないです）

（その顔で刑事さんとか意外すぎただけです）

朱斗は内心突っこんだが、隣にいる佐藤の心の声もまた聞こえた気がした。それに気づかず、臣は「驚かせてごめんね」と頭をさげてくる。

「や、べつにそんな。ていうか、助かりました」

あわてて手を振ってみせた朱斗は、ふと気づいて問いかける。

カップル騒ぎに会場が注目していた間も、臣はべつのところを見ていた。思えばあれは、最初から三人組に目をつけていたのではないか。

「……さっき、気になる言うてはったの、あいつらのことだったんですか？」

「ああ、うん。どうもね、妙な気がして。カンだけど、挙動不審な感じがしたんだ」

案の定うなずかれ「刑事のカンかあ」と朱斗や佐藤は感心してしまった。だが、慈英はと言えば苦虫を嚙みつぶしたような顔をしている。

「あの、秀島さん……？」

どろどろした黒いものを背中に背負った彼は、朱斗の声を無視して恋人へと冷たい目を向ける。

「俺は、動くなって目で合図したと思うんですけどねえ、臣さん」

「や、悪いな。見てなかった」

「うそつかないでくださいね。完全に無視したでしょう」

「そっちだって、危ないっつーのに適当に話長引かせようとしてたろ？」

ひんやりした会話に、聞いているほうの肌が粟立ちそうになる。

（ま、またもめごと……!?）

非常に剣呑な空気になったふたりをまえに、朱斗がおろおろしていると、事情聴取と手当をすませた碧が戻ってきた。

「とりあえず、俺はもう帰れるって。おまえどうするの」

「あ、お、おれも、繁次さんがもういいって」

——事情については、俺が話しておくから。きみはもう帰りなさい。

繁次をはじめとする御崎画廊の面々は後始末に追われていたけれど、碧を抱きかかえていたせいで血だらけの朱斗は、早々に帰宅命令をだされてしまっていた。

「だから、帰ろうか、と……」

思うねんけど。ごにょごにょと語尾がにごった朱斗に「なんだよ」と碧は眉をはねあげる。

その間も、慈英と臣の冷たい舌戦は続いていた。

「だいたい、あなたが出張るとことが大きくなるんですよ。どうしてそう、自分から首突っこんでいくんですかね」

「逆だろ。三歩歩けば事件にぶつかる体質のくせして、俺のせいにすんなよ」

「三百六十五日、事件に絡んでるひとに言われたくないです」

「そりゃ俺の仕事だからだろうが！」

さきほどまでのいい雰囲気はどこへやら、本気でけんかをはじめたふたりに朱斗は茫然となる。その肩を、佐藤がぽんとたたいた。

「とりあえず、お互い心配して怒ってたってことみたいだから、ほっといたげれば？」

「え、そうなん？　これ、そうなん⁉」

「そうなんじゃね？　あのひとの入院中も、小山さん、こんな感じだったし」

碧もうなずく。ふたりは納得しているけれど、本当に放っておいていいのだろうか。迷ったけれどこれ以上口もだせず、朱斗はそうっと声をかける。

「あの、じゃあ、おれらさきに……」

「ああ、悪かったね。また」

「元気でね、またゆっくり会おう、朱斗くん」

一応聞こえていたらしい。ふたり揃って、朱斗のほうを向いたときだけは笑顔なのがなおさら怖い。

「そ、それじゃ、どうも……」

へどもどしながらいとまごいをしたとたん、慈英と臣はまた睨みあう。そして根負けしたのは意外なことに、強情そうな臣のほうだった。

ふうっとため息をついた彼は「悪かったよ」とつぶやき、慈英の手を握る。親密な仕種に見ているほうはどきりとしたが、その指が細かく震えているのに気づくと胸が痛くなった。

「心配かけて、ごめん。でも俺も心配したんだからな？」

「……わかってます。こっちもすみませんでした」

とりあえず、口論は終わったらしい。ほっとしていると、佐藤と碧の両方から朱斗は背中を押された。

「え、なに？　なに？」

「邪魔したら悪いだろ」

「こっからは、大人タイムかもだしねえ」

え、え？　とおたおたしながら振り返ると、慈英の手をとった臣がそれを頬にあて、けがをした首筋に指をふれさせているのが見えた。——たしかに、これは大人タイムかもしれない。

「おー……」

「だから、見るなって」

頭を小突かれ、朱斗は赤くなりながら部屋をあとにする。

そっとドアを閉める気配りができたのは、さすがの佐藤だった。

＊　＊　＊

「ああ、もうネットニュースに流れてる。あしたはテレビで報道されるかもな」

こめかみに貼られたガーゼが鬱陶しいのか、擦過傷のある頬を掻きながら、パソコンを覗きこんでいた碧がつぶやいた。

答えられず、朱斗はうつむいていた。

「しかしあのひとも、つくづく事件を呼ぶ男だよな。小山さんもなんか言ってたけど、殺人犯に腕刺されて、強盗に殴られて記憶飛ばして、今回は首切られそうになって……ほかにもまだあんのかな」

めずらしくも碧のほうから、慈英の話を振ってくる。けれどまだ朱斗は返事ができない。

「なあ、さっきからだんまりだけど。なんか言えば？」

あきれたように言われ、のろのろとかぶりを振るのが関の山だ。

彼の暮らすマンションはいつものとおり整然としていて、それなのにまるで現実感が感じられない。

「なんなんだよ、さっきまでふつうにしてたじゃん。秀島さんたち見て、おたおたしてたくせにさ」

「やって……」

そう言われても、遅れてきたショック症状なのか、脱力感がひどいのだ。けがをした本人よりもぐったりしているのは変だと思うが、事実そうなのだからしょうがない。

碧のけがの応急手当はしたけれども、念のためいっしょに病院へと出向いた。本当に幸いなことにこめかみをすこし切っただけで、痕も残らないだろうと言われた。

――一週間もすればなおりますので、心配いりませんよ。

朱斗が震えあがったのは、医者にそう言われた瞬間だ。ほっと息をついたとたん、同時に両目からどっと涙がでて、悪い風邪でもひいたかのように全身が震え、体温がさがった。

やさしげな顔をした看護師さんが「びっくりしたんでしょう。ショックで身体反応が起きてるのよ」となだめてくれ、それでよけいに涙が止まらなくなった。

けっきょく放心したままの朱斗は碧に連れられてこのマンションにたどりつき、血で汚れた服を脱がされ、風呂へと送りこまれたのちに着替えさせられ、ソファに座らされている。

「なあ。けが人はどっちなんだよ、おい」

碧が言うのももっともで、ますます言葉がでなくなる。なにか言おうとして、喉の奥が「ひっく」と鳴った。

「おまえさあ、どっからそんだけ涙でるの」

「で、でっ……でっ」

でるからしかたない、と言いたいのに、一音しか発せない。それでも精一杯で、ひっひっと空気が漏れるような音だけが響く。

彼と恋人同士になってから、何度も何度も訪れたこの部屋は、朱斗の日常だ。いっしょにくらしてこそいないけれど、セカンドハウスかのように自分のものがあふれている、愛着のある場所だ。

そしてどこより、安心できる場所だ。戻ってこられたことが嬉しくて、ほっとして——そうしたら、感情がどこか、壊れてしまった。

パソコンデスクに向かっていた碧はたちあがり、朱斗の隣へと腰かけると、その頭を抱えこんだ。そして、なんでもないかのように話をはじめる。

「しっかし、小山さんて、刑事だったんだな。どおりでスキがねえわけだよな」

「……みっ」

「あのひと苦手な理由わかった。秀島さんになんかしようとするやつ、殺しかねねえ目すんだもんよ。まえにも病室で一瞬びびってさ。それでなんかヤな感じとか思って」

「みど、みど、り」

「しかしあの動きってなんなのかね。訓練でできるもんなの？」

「碧ぃ……っ」

会話はなにひとつ嚙みあわなかった。それでも碧は、どうでもいいことを話し続け、朱斗は彼の名前だけを呼び続ける。

怖かった。怖くて、情けなかった。

臣はあんなに落ちついて、素早く動けたのに、自分は非常ボタンを押すことすらできず、ただ碧を抱きしめているしかできなくて。

ぜんぶ、なにもかも、役にたたなかった。

ふだんなら、それをばかにしまくるはずの男は、どうしてか朱斗の頭をやさしく抱きしめて、髪を撫でてまでくれる。背中をすこし強く、とんとんとたたかれて、やっとつっかえていた声がでた。

「し、し、しん……っ」

「死んでねえし、死なないっつの」

「おれ、やや、碧、けが……っ。か、顔、疵っ」

「かさぶた程度にしかなんねえって、医者も言ったろ」

ぎゅうっと脇腹のあたりのシャツを摑んだ。いつもなら「皺になる」と怒るのに、それもしないでただただ、まるであまやかすようにあちこちへとキスが降ってくる。

「顔、腫れるぞ。もう泣くなってば」

やさしいとしか言えないくらいの声。ぼたぼた落ちる涙を吸われて、それでも怖くてたまらずに自分から抱きつき、彼の唇を奪った。鼻をすすり、喉をうぐうぐ鳴らしながらのキスに碧が笑う。

「おまえ、どうせなにもできないんだからさ、あんなとき俺をかばおうとすんなよ」

「や、や……っ」

「やだじゃなくて、護られとけよ。おまえはそういう役割だろ」

意味がわからない、とかぶりを振る朱斗を抱きしめて、碧がソファに転がった。こめかみのガーゼが痛々しい。見あげる状態になったきれいな顔が、涙でぼやける。

「みど、……んんっ」

名を呼ぼうとしたら、深いキスに襲われた。そのあとも何度も、なにか言おうとするたび口を吸われ、舌を噛まれて、手足がしっかりと絡みつく。

ふれあった脚の間では、どうしてかひどく滾ったものを押しつぶされていた。ゆらゆらと腰を揺らしている碧のほうもまた、硬いそれを押しつけてくる。

「スーツ、俺が汚したから、買ってやる」

「い、いら、ん」

「どうせなら、血で汚すんじゃなくて、ほかのもんで汚したかったけどな、あれ」

「あ、あほ……あっ、あっ」

彼の部屋に置きっぱなしの、朱斗の服。やわらかく、くったりした素材のカットソーは身体にやわらかくなじんで、碧の手がいじる乳首の形をくっきり浮かびあがらせる。

「な、なにするん、やや」

「なにってセックスする以外、あるわけないだろ」

「い、いや、碧、ここ、いや……っ」

「うっせえよ」

冷たく言うくせに、碧はもがく朱斗の手を摑み、その甲に口づける。やわらかい唇はずっと笑った形をしていて、朱斗はますますわけがわからない。

「な、なんで、おれ、泣いてんのに、機嫌がいいん」

「んー？　なんでだろな」

ふふっと笑って、いやという言葉はいっさい聞かない男はシャツをまくりあげてきた。感じやすい——というより碧に開発されまくった乳首にきつく吸いつかれ、両手をひとまとめに捕まえた手と逆の手が、急きたてるように股間を揉んでくる。

「ああ、ややって、やっ、ベッドっ」

「あとでいくから」

いやいやとかぶりを振るけれど、本当は朱斗もわかっていた。

あまりの非常事態にねじが飛んだような頭に引きずられ、理由のわからない興奮に身体が滾っている。だから部屋着のボトムを引きずりおろされるときも、脚をひらかされてあれをくわえられるときも、本当の意味では抗わなかった。

お互いに毟るようにして、相手の衣服を奪いとり、床に投げた。質のいい素材のそれがくしゃくしゃになるのも、今夜だけはどうでもよかった。

いやらしいことを言えと言われて、なにも考えられず復唱する。舐められただけでほころんだあの場所に指をいれられると、脳が沸騰しそうになった。

「濡れがたんないかな。……ローションないから、口でやって」

ひどい言いざまで、眼前に突きつけたものを濡らせと言われ、素直に従った。むしろいつもより熱心にしゃぶりついていると、自分の形に膨らんだ頬を碧が満足げにつついてくる。

「うまい？」

「……わけ、ないやろ」

泣いて鼻がつまっているから、いつもよりも苦しい。碧のそれは顔に似合わず本当に凶暴で、よくこんなものをあんな場所におさめられると思うほどだ。

それでも、きょうだけはどんなことをされても許してしまうと思った。悪趣味なオモチャでもいたぶりでも、なんでもいいから、碧が無事なことを実感したくて、喉奥までくわえこんだそれを懸命に吸う。

「飲むなよ、使うから」

「うんん、んん、ん！」

口腔にだされたものに顔をしかめていると、手のひらをあてがわれて吐きだすよう命じられる。羞恥（しゅうち）で神経が焼き切れそうになりながら、朱斗はこの夜はじめて、従わなかった。

「ん、っく」

「あ、ばか」

喉に粘るようなそれを無理に飲みくだすと、碧が顔をしかめた。

「苦手なくせに、なんで飲むんだよ。使うっつったろ」

「……やや、ん」

ふる、とかぶりを振って、朱斗は微妙な後口の唇を押さえる。理屈ではなく、彼の生命を感じるそれがほしかった。まずくてえぐみがあって、それでも喉を滑り落ちていった瞬間、ぞくぞくするほど感じた。

「なんて顔してんの」

「知らん、けど……おれ、いま、やらしい」

どうかしていると思いながら、彼のまえで自分から脚をひらいた。めずらしくも、驚いたように碧が目をみはる。すこしだけ気分がよくなって、奥まった、指で慣らされただけの場所を、自分の手でひらいてまでみせた。

「碧、ほしい」

「……お、ま」

ごくりと碧の喉が鳴る。

「痛いだろ、まだ」

「ええから、して」

「ばか、俺も痛いんだよ」

ちょっと待ってろと言って、碧はたちあがろうとする。彼の思いやりやさしさは、本当にわかりにくくて、朱斗にはいつも見えない。

それでもあの瞬間、自分を抱えこんだ彼の腕は、信じるには大きすぎた。

「いらんし、はいる」

「だから、無理は」

「碧以外のもん、なんも使うたら、いや」

そのまま、痛いことして。濡れた目で重ねて言うと、凶悪な顔をした彼がのしかかってきた。押しあてられたそれは、さきほど口で解放したときよりもっと大きい気がする。

「知らねえからな、もう」

「平気……っ、ぬるぬる、して、あ、あう」

「誰のせいだよ、ばか」

関西人にばかと言うなと、いつも言っているのに。そう思いながら、予想よりはなめらか

に、けれどいつもよりもきしんだ感じのする挿入に、鳥肌をたてた。

「ほらみろ、やっぱ痛い」

「ちが、あ……っ、あぁあ、あああぁ！」

自分でもぎょっとするくらいにいやらしい声がでた。そしてずるんと呑みこんでいくそれがなかほどまで埋まったとき、朱斗の身体が不自然なくらいに反り返り、痙攣する。

「おい」

「いや、あ、ああ、これ……っ」

無意識のまま、身体に埋まったそれの残りへと手が伸びる。ものすごく、気持ちいいなんて言葉では言えないほどの快楽に脳は沸騰したままで、朱斗は自分から腰を突きあげ、揺らした。

「これ、これ……っ、ああ、こ、れっ」

「ちょっと、まじで飛んでんのか？」

片手でそれをさすり、もう片手で碧の腕を掴んでせがむ。どれだけはしたない格好で、ひどい状態なのかすら意識できず、ただただ、快感をねだる。

「碧、はよ、ね、はよ……っ」

「くっそ。なんだこれ、見たことねえし」

「うあ！　あっ、あっ、あっ」

「なかも、とんでもねえ、し……っ」

なんだかくやしそうに吐き捨てた碧が、朱斗の手を払いのけて一気に奥を突いてきた。もう絶頂を味わったと思ったのにまださきがあって、硬くこわばった朱斗のペニスからは、だらだらとした射精が続いている。

そして、好きな男へ絡みついた肉はあまくとろけきったまま、おいしいものを味わうような蠕動を繰り返して、彼のにじませたものを奥へ奥へと吸いとっていく。

「どこで覚えんのよ、これ。なあ？」

「し、らんっ……覚え、とか……あっ、なんも、してへんもんっ」

「これがかよっ」

低く笑った碧が激しく身体を動かしはじめ、朱斗は今度こそまともにしゃべることもできなくなった。

革張りのソファが汗ですべる。熱の移った座面が不快で身をよじり、そのたび知らなかったところに快感の火種を見つけ、震えれば碧が追ってくる。

ひどく汗をかいたせいで、碧のこめかみの絆創膏は半端に剝がれ落ちている。ぶらぶらと揺れるそれが滑稽なような、ものすごくいやらしく感じるような、妙な気分だった。

全身が濡れていて、きしむようだった結合部もまた、どれだけ碧が動いても平気なくらいにぬめって溶けていた。

もっと、もっと、もっと——と、それだけを思って腰を振る。深くお互いを絡めあい、尻の薄い肉を両手で鷲摑みにされ、めちゃくちゃに揉まれながら動かれると、さっきまでとはまったく違う意味で涙がでた。

「……っも、いきそ?」

「い、てる、ず、ずっと、いって……いって、るっ」

めずらしく声をうわずらせた碧にそれだけを答えて、離さないでとしがみつく。

肩口に熱いため息を感じたと同時に、もっと熱いものが流しこまれた。つまさきまで痺れるくらいの絶頂が襲い、ぐらっと世界がまわる。

「は、あっ……」

最後に聞こえたため息まじりの碧の声が、あまくてあまくて、腰がくだけた。

＊　＊　＊

いつもよりも長く、身体を絡ませあっていた。セックスだけではなく、終わったあとにも抱きしめあって、肌という肌をさすって、たくさんキスをした。

まだ不安に心臓が震えていたけれど、なだめるように胸のうえへと口づけてくれる碧のせいで、興奮の乱れにすりかえられ——おかげでようやく、朱斗は落ちついた。

「……碧」

「ん？」

「おれね。捨てられてもいいし、好きとか一生言われんでいいから」

「なんだよ、いきなり」

ベッドに移ってさらに何度かお互いを貪り尽くしたあとの言葉に、碧が顔をしかめた。なにかを言いかけた彼が、またあのきつい言葉を口にするまえに、朱斗は言った。

「それでいいから、おれよりさきに、死なんとってね」

新しく貼り直したガーゼ、その横を掻いた碧は顔をしかめて舌打ちした。

「ばかじゃねえの。間違いなく俺より、おまえのほうがさきに死ぬだろ」

「なんでやん」

「この世界で生き残るには、圧倒的になにかが足りてないよ、おまえは」

世界ときた。意味がわからないとこちらも眉をひそめれば、皺のよった眉間に唇が押しあてられる。

「どうすれば足りるん？」

「いんじゃねえの、そのまんまで」

なにがだ、とますます顔を歪めれば、碧は満足げに笑った。

「俺がいれば、ちょうどだろ」

「どうなん、それ……」

うぬぼれともつかない言葉にぼやくけれど、こらえきれずに朱斗も笑ってしまう。

とんでもないハプニングに見舞われようとなんだろうと、碧は碧だな、となんだかおかしくなってしまった。

「なんだよ、その顔は」

「んーん。……碧、好きやよ？」

そっと、吐息をまぜたちいさな声で告げると、ふてぶてしい男は「知ってるよ」と不敵に笑う。

今度こそ、朱斗も声をあげて笑った。

あとがき

今作は、慈英×臣シリーズのスピンオフ、短編四本をまとめた作品集となっております。商業誌的には主人公、志水朱斗は、文庫『やすらかな夜のための寓話』収録の『雪を蹴る小道、ぼくは君に還る』が、碧のほうは『はなやかな哀情』が初出でありますが、刊行された時点で、すでに今回の文庫に収録した『イジメテミタイ』『ナカセテミタイ』はお話ができあがっておりました。

もともと、この話が生まれたのは個人でやっていたサイト上で、クリスマスのイベントをやったときに書いたものだったと記憶しています。そのため、慈英×臣サイドがさきに生まれ、その後、碧×朱斗サイドの話を書いた……はずなんですが、十何年もまえなのでちょっと自信がないです。逆だったのかも。

ともあれ、そういう経緯でできた話であるために、今作の主役ふたりは、クリスマスにちなんだ名前をつけています。ミドリとアカ、で碧と朱斗。しかし、年末にかけての企画だったので、話は年末パーティーだった模様です。この辺も、うろ覚えですが……。

ともあれ簡単に、タイトルごとにご説明を。ネタバレありかもしれません。

まず『イジメテミタイ』。こちらはドラマCD『やすらかな夜のための寓話』にて、前述のストーリー、『雪を蹴る～』が収録され、その際に慈英と朱斗のやりとりをかなり、シナリオ上で加筆いたしました。そのため、今回の本ではその加筆部分を反映させての修正もあり、会話の部分がかなり増えております。

直後の話となる『ナカセテミタイ』。こちらは当時の勢いをいかすため、あまり加筆修正はいたしておりません。というかまあ……ほんとになんというか……いろいろ若いなあ、と。書いていた私も、主役ふたりも。エロス満載でございます。

書きおろし『アイネクライネ』。こちらは『ナカセテミタイ』ラストでちょっと佐藤がふれていた中学時代のことを、朱斗の視点で綴ったものです。初恋の瞬間、みたいな感じでありますね。

じつはもっときっちりとエピソードを書こうと思ったのですが、気づくとそれだけで文庫一冊ぶんにはなるくらい膨らんでしまったため、いずれ新しいストーリーとしてまとめたほうがいいのでは、と担当さんにご相談し、短めのお話となりました。

ラスト『イツカノミライ』。こちらは、シリーズすべてのお話の、ちょっと未来になっております。慈英×臣シリーズがまだ完結していないため、ネタバレになるかもしれない時系列等はあえて明記していません。なので、タイトルどおりの『いつかの未来』のお話。

おまけイベント的に、短編ながらかなり盛りだくさんな内容です。本格的な事件ものというよりも、ちょっとしたドラマとして仕上げてみました。歩くトラブル誘発機、慈英が本領発揮しております（笑）。

総合タイトルである『あなたは怠惰で優雅』——こちらは碧のイメージとしてつけましたが、読み返してみるに、碧ってあんまり優雅って感じでもないですね、顔以外（笑）。

あらためて、大変なだだっこ、いじめっこである彼、書いたのは十年以上ぶりなのですが、とても楽しかったです。前述もしておりますが、書きおろしで長編なども、そのうちに……と思っておりますし、食えない佐藤くんももっと活躍させてみたいです。

むろん、本家のふたりもまだお話が終わっておりませんし（次回で一応第二部完結の予定ですが）、シリーズとしてキャラも増え、いろいろ拡がってきたな、と思っています。

さて、その優雅なだだっこと、ビジュアルでは初お目見えの朱斗、佐藤たち、そして毎度の慈英と臣らを素敵に描いてくださった蓮川先生、いつもお世話になっております。今回も、こちらのスケジュールの都合で色々ご迷惑をおかけしてしまい、本当に申し訳ありません。毎度クオリティの高いイラストで、はなやかに世界観を彩ってくださり、大感謝です。今後とも、どうぞよろしくお願いいたします。

担当さま、もろもろの進行がどっかぶりのなか、これまたご迷惑ばかりおかけしておりますが、今作もなんとか形になりそうです。あれやらこれやらと続きますが、どうぞよろしくお願いいたします。

チェック担当Rさん、橘さん、いつもありがとう！　古い原稿は見落としが多いので、本当に助かっております。その他、身体のケアをしてくれるKちゃんはじめ、友人、家族、皆に感謝。

なにより、おつきあい頂いた読者さまにも感謝です。

去年から今年はばたばたしてしまい、スケジュールも相変わらず狂ったままですが、来年には十五周年、企画としてこのシリーズでなにかを……というお話もでておりますし、色々がんばっていきたいと思っています。

どうぞ、今後ともよろしくお願いいたします。

✦初出　イジメテミタイ……………………同人誌掲載作品
ナカセテミタイ……………………同人誌掲載作品
アイネクライネ……………………書き下ろし
イツカノミライ……………………書き下ろし

崎谷はるひ先生、蓮川愛先生へのお便り、本作品に関するご意見、ご感想などは
〒151-0051 東京都渋谷区千駄ヶ谷 4-9-7
幻冬舎コミックス　ルチル文庫「あなたは怠惰で優雅」係まで。

幻冬舎ルチル文庫

あなたは怠惰で優雅

2012年8月20日　第1刷発行

✦著者	崎谷はるひ　さきや はるひ
✦発行人	伊藤嘉彦
✦発行元	株式会社 幻冬舎コミックス 〒151-0051 東京都渋谷区千駄ヶ谷 4-9-7 電話 03(5411)6432[編集]
✦発売元	株式会社 幻冬舎 〒151-0051 東京都渋谷区千駄ヶ谷 4-9-7 電話 03(5411)6222[営業] 振替 00120-8-767643
✦印刷・製本所	中央精版印刷株式会社

✦検印廃止

ISBN978-4-344-82589-5　C0193　Printed in Japan